Z.

Cot. 1743. dans le N° 2598.
+ 3.

PROPHETIES PERPETUELLES,

TRES-CURIEUSES ET TRES-CERTAINES,

DE

THOMAS-JOSEPH MOULT,

NATIF DE NAPLES.

ASTRONOME ET PHILOSOPHE;

Traduites de l'Italien en François.

Qui auront cours pour l'an 1269. & qui dureront jusqu'à la fin des Siécles.

Faites à Saint Denis en France, l'An de Notre Seigneur 1268. du Regne de Louis I X. le quarante-deuxiéme.

A PARIS,

Chez PRAULT pere, Quai de Gêvres, au Paradis.

M. DCC. XLI.

AVEC APPROBATION ET PRIVILEGE DU ROY.

PREFACE

DE L'AUTEUR

AU LECTEUR.

Réflexions sur la nature du présent Livre.

LEs Prédictions que je donne au Public, & principalement celles qui regardent l'abondance ou la disette des Bleds & des Vins, comprises sous chaque nombre Solaire, doivent être le seul & unique objet qui doit intéresser mon Lecteur : C'est aussi le premier mobile de cet Ouvrage ; elles sont fondées sur les régles les plus immuables & les plus certaines de l'Astronomie. J'avoue que je ne cherche point à divertir le Public par des Prédictions amusantes & agréables ; mais l'utile & le nécessaire à la vie de l'homme, doivent être préferés.

J'avertis encore mon Lecteur, que mes Prédictions générales & climateriques, doivent arriver pendant le cours de chacune des neuf années comprises sous chaque nombre Solaire : Et quant à mes Prédictions particulieres, insérées ensuite des générales, sous le même nombre Solaire, je laisse à mon Lecteur le soin d'observer les années qu'elles doivent arriver, & de faire ses remarques.

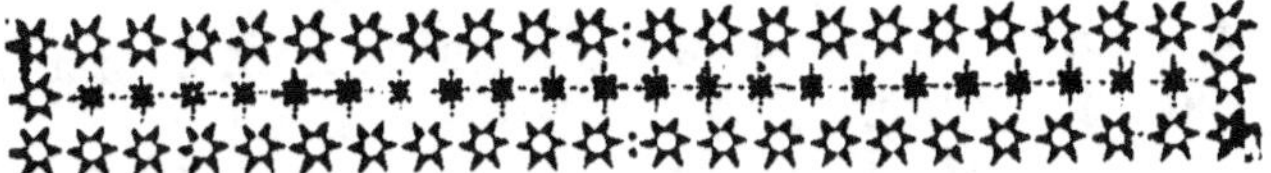

PROPHETIES
PERPETUELLES.
DE JOSEPH MOULT.

Natif de Naples, Aftronome & Philofophe.

Au nom du Pere, & du Fils, & du Saint Efprit.

Qui commence bien, finit bien : dit le Philofophe.

POUR l'intelligence du préfent Livre, il faut fçavoir que notre matiere & œuvre font déterminées.

Le Soleil qui eft au centre ou milieu du Monde, & qui eft un milion de fois plus gros que la Terre, fait fon tour par vingt-huit nombres, qui contiennent vingt-huit années.

Sçavoir, *Fer, Quar, Jur, Cort, Amat, Genus, Fenor, Gemini, Continuo, Bife, Aries, Genor, Eft eft, d'Eft, Cordé, Bour, Gener, Fenus, Groffus, Dicat, Vau, Aqua, Goner, Fenel, Dur, Caritier, Beus & Actor.*

Il faut noter que le Soleil met un an entier à faire fon tour parmi les douze Signes, qui font :

Sçavoir, *Aries, Taurus, Gemini, Cancer, Leo, Virgo, Libra, Scorpius, Sagittarius, Capricornas, Aquarius & Pifces.*

Voilà les douze Signes, par lefquels le Soleil fait fon tour pendant l'efpace de douze mois,

A iij

qui font établis & divifés, & qui fe terminent à la datte du Printems.

Il eft néceffaire de remarquer que le Printems qui eft la premiere Saifon de l'année commence quand le Soleil entre au Signe d'*Aries*, qui eft le 21 Mars, finit le 21 Juin, furpaffant *Taurus* & *Gemini*.

L'Eté commence quand le Soleil entre au Signe du *Cancer*, qui eft environ le 21 Juin, & finit le 20 Septembre, furpaffant *Leo* & *Virgo*.

L'Automne commence quand le Soleil entre au Signe de *Libra*, qui eft environ le 21 Septembre, & finit le 21 Décembre, furpaffant *Scorpius* & *Sagittarius*.

Et l'Hiver commence quand le Soleil entre au Signe du Capricorne, qui eft environ le 21 Décembre, & furpaffe *Aquarius* & *Pifces*, & finit le 20 Mars.

Et lorfque le Soleil a furpaffé les douze Signes, c'eft quand il a fait fon tour à l'entour de la Terre.

Ainfi, l'année commence fon tour quand le Soleil entre en *Aries*, qui eft environ la mi-Mars, & le commencement du Printems, & premierement quand *Fer* fait fon tour, qui eft le premier nombre folaire, & la premiere année qui aura cours l'an douze cens foixante-neuf, & les autres années comprifes fous ce même nombre folaire, que je déclare être véritable, fuivant toutes les régles Aftronomiques, & l'étude confommée que j'en ai faite pendant quarante-cinq ans & plus.

Toutes chofes terriennes font muables, dit le Philofophe; & Dieu le fçait.

Tout ce qui eft efprit ne peut être divifé, & ne peut perir; c'eft la baze & le fondement de ce grand Ouvrage.

Gloire foit au Pere, & au Fils, & au Saint Efprit, dans tous les fiécles des fiécles. Amen.

LIVRE PREMIER.

FER, est le premier nombre
Solaire qui aura cours.

Pour l'an	.	.	.	.	.	1269.
Pour l'an	.	.	.	.	.	1297.
Pour l'an		.	.	.	.	1325.
Pour l'an	.	.	.	.	.	1353.
Pour l'an	.	.	.	.	.	1381.
Pour l'an	.	.	.	.	.	1409.
Pour l'an	.	.	.	.	.	1437.
Pour l'an	.	.	.	.	.	1465.
Pour l'an	.	.	.	.	.	1493.

PREDICTIONS GENERALES.

En cette année le Printems sera beau & profitable à tous biens terriens.

Les vignes & les bleds auront bon commencement en fleurissant.

L'Eté sera moite & mal profitable aux biens de la terre, & sera tardif.

L'Automne sera froide & tardive.

L'Hiver sera froid & pluvieux au commencement, & sera sec & froid sur la fin.

Les bleds seront bons, & il sera bon les garder, de même que les seigles, & ils se vendront bien.

Les vendanges seront bonnes & assez plantureuses, & les vins auront bonne vente.

PREDICTIONS PARTICULIERES.

Grands tremblemens de Terre.
Déclaration de Guerre entre plusieurs Princes Chrétiens.

QUAR, est le second nombre Solaire qui aura cours.

Pour l'an					1270.
Pour l'an					1298.
Pour l'an					1326.
Pour l'an					1354.
Pour l'an					1382.
Pour l'an					1410.
Pour l'an					1438.
Pour l'an					1466.
Pour l'an					1494.

PREDICTIONS GENERALES.

En cette année, le Printems sera bon & propre à tous biens terriens.

L'Eté sera profitable, & il y aura de grandes chaleurs.

L'Automne sera moite & venteuse.

L'Hiver sera long & sec, & il y aura de grandes gelées & beaucoup de neiges jusqu'à la fin de Janvier que le dégele viendra avec abondance d'eaux.

Il sera recueilli du grain raisonnablement, & il sera assez cher.

Les vendanges seront bonnes en peu de Pays, & il sera bon garder & acheter du vin, car il se vendra bien & fera grand profit.

PREDICTIONS PARTICULIERES.

Mort d'un saint homme Roy.
Grand Traité d'Alliance.

JUR, est le troisiéme nombre Solaire qui aura cours.

Pour l'an	1271.
Pour l'an	1299.
Pour l'an	1327.
Pour l'an	1355.
Pour l'an	1383.
Pour l'an	1411.
Pour l'an	1439.
Pour l'an	1467.
Pour l'an	1495.

PREDICTIONS GENERALES.

En cette année le Printems sera venteux, froid, & mal profitable à plusieurs choses.

L'Eté sera propre à tous biens, & sera assez chaud.

L'Automne sera humide jusqu'au milieu, & le reste sera assez beau.

L'Hiver sera long & supportable.

Le Bled sera cher & bien requis au commencement de l'année, qui entre en la mi-Mars.

Les vendanges seront bonnes en peu de pays, & il sera bon acheter des vins qui puissent se garder long-tems, & ceux qui en acheteront & garderont, feront bien leur profit.

Les grains enrichiront tous ceux qui pourront les garder jusqu'à l'année suivante.

PREDICTIONS PARTICULIERES.

La Paix entre les Princes Chrétiens.
Couronne fermée.

CORT, eſt le quatriéme nombre Solaire qui aura cours.

Pour l'an					1272.
Pour l'an					1300.
Pour l'an					1328.
Pour l'an					1356.
Pour l'an					1384.
Pour l'an					1412.
Pour l'an					1440.
Pour l'an					1468.
Pour l'an					1496.

PREDICTIONS GENERALES.

Le Printems, cette année, ſera froid & peu profitable.

L'Eté ſera moite & contraire à toutes choſes qui ſignifieront que les bleds auront mauvaiſe venue.

L'Automne ſera froide & moite, & ſera mauvaiſe allure.

L'Hiver il fera de belles froidures.

Mais en cette année les bleds & autres grains ſeront de petite venue : qui les pourra garder, ſera grand profit.

Il ſera bon acheter du vin en Eté, car il augmentera de prix par la mauvaiſe venue qu'il aura en vandange, & il ſera bien cher & bien requis : la miſere du tems & de la ſaiſon ſera cauſe que l'on en fera peu, quoique les vignes ayent eû belle apparence au commencement.

PREDICTIONS PARTICULIERES.

L'Egliſe notre bonne mere accordera de grandes Indulgences.

Grande trahiſon découverte.

Un grand Prince montera ſur le Trône.

AMAT, eft le cinquiéme nombre Solaire qui aura cours.

Pour l'an	. . . . .	1273.
Pour l'an	. . . . .	1301.
Pour l'an	. . . . .	1329.
Pour l'an	. . . . .	1357.
Pour l'an	. . . . .	1385.
Pour l'an	. . . . .	1413.
Pour l'an	. . . . .	1441.
Pour l'an	. . . . .	1469.
Pour l'an	. . . . .	1497.

PREDICTIONS GENERALES.

Le Printems, cette année, fera pluvieux &
venteux.

Je ne parlerai point de l'Eté.

L'Automne fera fec & bon jufqu'à la fin.

L'Hiver fera doux & moite.

Il fera bien du froment, peu de feigle ; les
bleds feront fort chers jufqu'à la récolte, & fera
grande pitié.

Les bons vins feront grandement chers & requis, mais ils diminueront de prix en vendange,
de même que toutes les autres denrées, ce qui
fignifiera un bon tems : il fera mauvais acheter
du vin pour le garder, car on ne le vendra pas,
à caufe que les gens de métier feront pauvres,
& l'argent rare en bien des Etats de la Chrétienneté.

PREDICTIONS PARTICULIERES.

Grand démêlé d'un Roi avec notre Saint Pere
le Pape.

Inftitution d'un grand Ordre de Chevalerie,
dans un grand Royaume.

Découverte faite par une Nation glorieufe,
d'un Pays très-riche & très-abondant.

GENUS, est le sixiéme nombre Solaire qui aura cours.

Pour l'an	.	.	.	.	1274.
Pour l'an	.	.	.	.	1302.
Pour l'an	.	.	.	.	1330.
Pour l'an	.	.	.	.	1358.
Pour l'an	.	.	.	.	1386.
Pour l'an	.	.	.	.	1414.
Pour l'an	.	.	.	.	1442.
Pour l'an	.	.	.	.	1470.
Pour l'an	.	.	.	.	1498.

PREDICTIONS GENERALES

En cette année, le Printems sera doux & agréable, & les bleds auront bonne venue.

L'Eté sera sec & chaud.

L'Automne sera bien temperé & profitable aux biens de la Terre qu'on ensemencera, qui auront bon commencement.

L'Hiver sera assez variable.

Il sera beaucoup de bled en tout pays, & sera à grand marché.

Après l'Août, les vendanges seront bonnes & plantureuses en beaucoup de pays; ce qui fera que le vin sera à bas prix.

En Hiver, il fera bon acheter avoine & froment, & les mettre au grenier.

PREDICTIONS PARTICULIERES.

Naissance d'un grand Prince.

Grand établissement dans un beau Royaume de la Chrétienneté.

Fameuse opération sur le corps humain.

Un grand Prince montera sur le Trône.

FENOR, est le septiéme nombre Solaire qui aura cours.

Pour l'an	.	.	.	.	.	1275.
Pour l'an	.	.	.	.	.	1303.
Pour l'an	.	.	.	.	.	1331.
Pour l'an	.	.	.	.	.	1359.
Pour l'an	.	.	.	.	.	1387.
Pour l'an	.	.	.	.	.	1415.
Pour l'an	.	.	.	.	.	1443.
Pour l'an	.	.	.	.	.	1471.
Pour l'an	.	.	.	.	.	1499.

PREDICTIONS GENERALES

La présente année sera semblable à la premiere
du nombre Solaire, encore plus mauvaise.

Au Printems, il sera bon acheter avoine ; car
la plus grande cherté y sera.

Les bleds & les seigles seront grandement chers,
& ceux qui en pourront garder jusqu'en hiver,
feront grand profit.

Car l'Eté sera si moite, qu'on ne pourra recueillir ni seigles ni bleds.

Ceux qui acheteront de bon vin, qui le pourront garder, feront grand profit, dit l'Auteur,
que le denier sera quatre mailles : Car l'Automne sera si fâcheuse, que les vignes & raisins ne
pourront mûrir.

A la fin de Janvier les neiges se fonderont, &
feront de grandes eaux qui porteront beaucoup
de dommages en différens endroits & pays.

PREDICTIONS PARTICULIERES.

Grande Guerre entre les Princes Chrétiens.

GEMINI, est le huitiéme nombre Solaire qui aura cours.

Pour l'an					1276.
Pour l'an					1304.
Pour l'an					1332.
Pour l'an					1360.
Pour l'an					1388.
Pour l'an					1416.
Pour l'an					1444.
Pour l'an					1472.
Pour l'an					1500.

PREDICTIONS GENERALES.

En cette année le Printems sera bon, bien temperé, & profitable à tous biens terriens.

L'Eté sera beau, ni trop chaud, ni trop froid.

L'Automne sera moite & venteuse.

L'Hiver ne sera pas bien froid.

Ceux qui auront du grain, qu'ils le vendent; car les grains auront bonne venue cette année, & sera à bon marché.

Ceux qui auront du vin, qu'ils le vendent également au commencement du Printems; car les vendanges foisonneront bien.

Cette année les peuples se réjouiront bien, la récolte étant abondante, le Commerce soutenu, & l'argent fort commun en beaucoup de pays.

PREDICTIONS PARTICULIERES.

La Paix entre les Princes de la Chrétienneté.
Belles Prieres ordonnées par un grand Roy.

CONTINUO, est le neuviéme nombre
Solaire qui aura cours.

Pour l'an	.	.	.	.	:	1277.
Pour l'an	.	.	.	:	.	1305.
Pour l'an	.	.	.	.	.	1333.
Pour l'an	.	.	.	.	.	1361.
Pour l'an	.	.	.	.	.	1389.
Pour l'an	.	.	.	.	.	1417.
Pour l'an	.	.	.	.	.	1445.
Pour l'an	.	.	.	.	.	1473.
Pour l'an	.	.	.	.	.	1501.

PREDICTIONS GENERALES.

En cette année, le Printems sera froid & nuisible aux biens de la Terre.

L'Eté sera venteux & extraordinairement pluvieux.

L'Automne sera moite & peu stable pour les
vents.

La saison de l'Hiver sera moite & froide, &
nuisible à la santé.

Au commencement du Printems le bled sera
cher, & se vendra bien jusqu'aux moissons qu'il
diminuera; car les bleds seront beaux & bons
& gerberont bien, mais ils seront difficiles à
resserrer à cause des pluies continuelles.

Les vendanges cette année seront abondantes
& foisonneront bien, mais le vin aura peu de
qualité.

PREDICTIONS PARTICULIERES.

Beau Gouvernement dans un Royaume.
Sous une Régle particuliere, un Tiers Ordre
Religieux se formera dans un grand Royaume,

BISE, est le dixiéme nombre Solaire qui aura cours.

Pour l'an	.	.	.	.	.	1278.
Pour l'an	.	.	.	.	.	1306.
Pour l'an	.	.	.	.	.	13
Pour l'an	.	.	.	.	.	1362.
Pour l'an	.	.	.	.	.	1390.
Pour l'an	.	.	.	.	.	1418.
Pour l'an	.	.	.	.	.	1446.
Pour l'an	.	.	.	.	.	1474.
Pour l'an	.	.	.	.	.	1502.

PREDICTIONS GENERALES.

Le Printems cette année sera pluvieux jusques à la mi-Avril, qui après sera venteux.

L'Eté sera chaud, avec tonnere, éclairs & pluies.

Cette année sera pestilentielle, à cause des grandes chaleurs d'Eté.

Les bleds seront bons & de bonne venue, & seront à prix raisonnable pour le Maître & le Fermier.

L'Automne sera moite,

La vendange sera bonne, mais elle ne sera pas plantureuse ; les bons vins seront chers & requis.

L'Hiver sera froid & de longue durée, qui causera beaucoup de mortalité, & fera souffrir les pauvres.

PREDICTIONS PARTICULIERES.

Grand tremblement de Terre.

Le Commerce fera l'attention de toutes les Puissances de l'Europe.

Un Miracle évident & certain arrivera dans une grande Ville d'un Royaume.

ARIES,

ARIES, eſt le onziéme nombre Solaire
qui aura cours.

Pour l'an						1179.
Pour l'an						1307.
Pour l'an						1335.
Pour l'an						1363.
Pour l'an						1391.
Pour l'an						1419.
Pour l'an						1447.
Pour l'an						1475.
Pour l'an						1503.

PREDICTIONS GENERALES.

Le Printems, cette année, ſera froid & de longue durée juſqu'en Mai.

L'Eté ſera ſec & chaud, avec tonnerre &
éclairs.

L'Automne ſera chaud & fort beau.

L'Hiver ſera froid, & fera de grandes neiges.

Il ſera abondance de Bled en tous pays, &
beaucoup de fruits.

Les vendanges feront bonnes en tous pays.

En cette année ſera le ſiécle bien en paix en
toute la Chrétienneté, & il y aura bon marché de
bled & de vin qui réjouira tout le peuple.

PREDICTIONS PARTICULIERES.

La naiſſance d'un grand Prince cauſera bien
de la joie dans un Royaume.

La paix générale dans toute la Chrétienneté.

GENOR, est le douziéme nombre
Solaire qui aura cours.

Pour l'an					1280.
Pour l'an					1308.
Pour l'an					1336.
Pour l'an					1364.
Pour l'an					1392.
Pour l'an					1420.
Pour l'an					1448.
Pour l'an					1476.
Pour l'an					1504.

PREDICTIONS GENERALES.

En cette année, qui est semblable & égale
à l'année quand Genus fit son tour, qui est le
sixiéme nombre Solaire.

Le Printems sera doux & beau.

L'Eté sera sec & chaud.

L'Automne sera bien temperée & profitable
aux biens de la terre qu'on ensemencera, & ils
auront bonne venue.

Il sera beaucoup de bled en tous pays, & il
sera à bon marché.

Après l'Août, les vendanges seront bonnes &
plantureuses en beaucoup de pays, ce qui sera
que le vin sera à bon marché, dont tout le peuple
Chrétien doit louer Dieu.

PREDICTIONS PARTICULIERES.

Tremblement de terre dans la Capitale d'un
grand Royaume.

Sous la régle d'un grand Saint il se formera
une Communauté d'hommes.

Les desseins d'un grand Prince s'accompliront
au grand contentement de ses peuples.

EST EST, fait le treiziéme nombre Solaire qui aura cours.

Pour l'an	•	•	•	•	•	1281.
Pour l'an	•	•	•	•	•	1309.
Pour l'an	•	•	•	•	•	1337.
Pour l'an	•	•	•	•	•	1365.
Pour l'an	•	•	•	•	•	1393.
Ponr l'an	•	•	•	•	•	1421.
Pour l'an	•	•	•	•	•	1449.
Pour l'an	•	•	•	•	•	1477.
Pour l'an	•	•	•	•	•	1505.

PREDICTIONS GENERALES.

Le Printems, cette année, fera moite & chaud.

L'Eté fera humide au commencement, le mi-lieu & la fin très-chaud.

L'Automne fera affez beau.

L'Hiver fera facheux.

Tous les biens terriens de cette année dont les peuples de ce fiécle font foutenus, feront à bon marché au commencement en tout pays; mais après l'hiver ils feront chers.

Tout ceux qui fe fourniront de bled, de feigle & de bon vin au commencement de cette année feront grand profit; mais c'eft folie de le garder quand cherté y eft.

Toutes chofes terriennes font muables, dit le Philofophe, & Dieu le fçait.

PREDICTIONS PARTICULIERES.

Grande Guerre entre les Princes Chrétiens.

D'EST, eſt le quatorziéme nombre
Solaire qui aura cours.

Pour l'an					1282.
Pour l'an					1310.
Pour l'an					1338.
Pour l'an					1366.
Pour l'an					1394.
Pour l'an					1422.
Pour l'an					1450.
Pour l'an					1478.
Pour l'an					1506.

PREDICTIONS GENERALES.

Le Printems, eette année, ſera fort hatif à tous
biens à venir.

L'Eté ſera chaud & donnera de grandes pluyes.

L'Automne ſera humide & moite aux bleds,
& quant aux ſemences, qui ſeront difficiles à faire.

L'Hiver ſera grand & froid, & il y aura de
grandes gelées juſqu'à la fin.

Au commencement de cette année qui ſera
la mi-Mars, ſeront toutes ſemences conſtantes
& bien requiſes.

Ceux qui auront avoines & autres menus
grains, s'ils les vendent au mois de Mars, feront
leur profit.

Les Bleds multiplieront en Eté, il y aura perte
à les garder.

Ceux qui auront du vin l'Eté qu'ils le vendent, car il ſe vendra mieux en cette ſaiſon
qu'après la récolte des Vendanges.

PREDICTIONS PARTICULIERES

Maſſacre d'une Nation belliqueuſe.
Grande Invention d'armes pour la guerre.

CORDE', est le quinziéme nombre Solaire qui aura cours.

Pour l'an					1283.
Pour l'an					1311.
Pour l'an					1339.
Pour l'an					1367.
Pour l'an					1395.
Pour l'an					1423.
Pour l'an					1451.
Pour l'an					1479.
Pour l'an					1507.

PREDICTIONS GENERALES.

Cette année le Printems sera sec, froid & amer à tous arbres & biens terriens, qui auront petit commencement jusqu'au mois de Juin, lequel sera orageux & pluvieux jusqu'à la mi-Août, ce qui retardera la récolte.

L'Automne sera moite & venteuse, & peu favorable pour les semences.

L'Hiver sera bien temperé, & il n'y aura de grandes froidures.

Les bleds seront chers jusqu'en Août.

Les vendanges seront tardives, mais il sera en tous Pays beaucoup de vin.

A la fin de cette année les grains diminueront de prix.

PREDICTIONS PARTICULIERES.

La Paix sera entre les Princes Chrétiens.
Entreprifes & événemens surprenans.

BOUR, est le seiziéme nombre Solaire
qui aura cours.

Pour l'an	. . . . .	1284.
Pour l'an	. . . . .	1312.
Pour l'an	. . . . .	1340.
Pour l'an	. . . . .	1368.
Pour l'an	. . . . .	1396.
Pour l'an	. . . . .	1424.
Pour l'an	. . . . .	1452.
Pour l'an	. . . . .	1480.
Pour l'an	. . . . .	1508.

PREDICTIONS GENERALES.

En cette année, le Printems sera pluvieux;
jusques à la mi-Avril, qui après sera venteux.

L'Eté sera chaud, avec tonnerre, éclairs &
pluyes.

Cette année sera pestilentielle, à cause des
grandes chaleurs de l'Eté.

Les bleds seront bons & de bonne venue.

La vendange sera bonne mais elle ne sera pas
plantureuse.

L'Hiver sera froid & de longue durée.

Enforte que cette année se trouve semblable
à celle de *Bise*, qui est sous le dixiéme nombre
solaire, & fait ainsi son tour; qui ne le sçait qu'il
l'apprenne, Dieu le veut; & je promets là-dessus
être nommé Philosophe certain.

PREDICTIONS PARTICULIERES.

Le Souverain d'un grand pays prendra le titre
de Roi.

GENER, eſt le dix-ſeptiéme nombre Solaire qui aura cours.

Pour l'an	.	.	.	.	.	1285.
Pour l'an	.	.	.	.	.	1313.
Pour l'an	.	.	.	.	.	1341.
Pour l'an	.	.	.	.	.	1369.
Pour l'an	.	.	.	.	.	1397.
Pour l'an	.	.	.	.	.	1425.
Pour l'an	.	.	.	.	.	1453.
Pour l'an	.	.	.	.	.	1481.
Pour l'an	.	.	.	.	.	1509.

PREDICTIONS GENERALES.

Le commencement du Printems, cette année, ſera pluvieux & ſa fin venteuſe.

L'Eté ſera moite, avec tonneres, éclairs, & ſera fort chaud.

L'Automne ſera beau & agréable.

L'Hiver ſera froid & peu ſupportable pour les pauvres qui ſouffriront beaucoup.

Les bleds ſeront bons & de bonne qualité.

La vendange ſera bonne, mais elle ne ſera pas abondante.

Ceux qui ſeront fournis de bleds & autres grains & de vins, feront grand profit de les vendre dans les temps ordinaires de la vente.

PREDICTIONS PARTICULIERES.

Grand Traité d'alliance entre une Couronne & des Etats voiſins.

FENUS, eſt le dix-huitiéme nombre Solaire qui aura cours.

Pour l'an	•	•	•	•	•	1286.
Pour l'an	•	•	•.	•	•	1314.
Pour l'an	•	•	•.	•.	•.	1342.
Pour l'an	•.	•.	•.	•	•.	1370.
Pour l'an	•.	•.	•.	•.	•.	1398.
Pour l'an	•	•.	•	•.	•.	1426.
Pour l'an	•	•.	•	•.	•.	1454.
Pour l'an	•.	•.	•.	•.	•	1482.
Pour l'an	•.	•.	•.	•	•	1510.

PREDICTIONS GENERALES.

Cette année le Printems ſera peu agréable, car il ſera venteux.

L'Eté ſera chaud & pluvieux, il y aura des tonneres & de grands éclairs avec pluies.

L'Automne ſera moite & incommode.

L'Hiver ſera froid & de longue durée.

Cette année les bleds & les vins ſeront de bonnes qualités, mais il ne faudra pas les garder, & ils ſe vendront bien.

PREDICTIONS PARTICULIERES.

Grands impôts établis dans un des beaux Royaume de la Chrétienneté.

Un Prince montera ſur le Trône.

Le Commerce dans un grand Etat lui ſera intéreſſant.

GROSSUS;

GROSSUS, eſt le dix-neuviéme nombre Solaire qui aura cours.

Pour l'an . . . . . 1287.
Pour l'an . . , ⁚ . 1315.
Pour l'an ⁚ . . . ⁚ 1343.
Pour l'an . ⁚ ⁚ . . 1371.
Pour l'an . . . . . 1399.
Pour l'an . ⁚ . . ⁚ 1427.
Pour l'an . . . . . 1455.
Pour l'an . . . . . 1483.
Pour l'an . . . . . 1511.

PREDICTIONS GENERALES.

En cette année, le Printems ſera bon & agréable.

L'Eté ſera profitable à tous biens.

L'Automne ſera moite & venteuſe.

L'Hiver ſera long & ſec, il y aura de grandes gelées & de grandes neiges juſqu'à la fin de Janvier que le dégele viendra avec abondance d'eaux.

Il ſera du grain raiſonnablement, & il ſera aſſez cher.

Les vendanges ſeront bonnes en peu de pays, il ſera bon garder & acheter du vin ; car il ſe vendra bien & fera un grand profit, enſorte que cette année eſt ſemb'able à celle du ſecond nombre ſolaire, & le ſera juſqu'à la fin du monde.

PREDICTIONS PARTICULIERES.

Dans un grand Royaume la roture ſera annoblie.

Pluſieurs cantons s'uniront, & formeront une République conſidérable.

DICAT, eſt le vingtiéme nombre Solaire qui aura cours.

Pour l'an ・ ・ ・ ・ ・	1288.
Pour l'an ・ ・ ・ ・ ・	1316.
Pour l'an ・ ・ ・ ・ ・	1344.
Pour l'an ・ ・ ・ ・ ・	1372.
Pour l'an ・ ・ ・ ・ ・	1400.
Pour l'an ・ ・ ・ ・ ・	1428.
Pour l'an ・ ・ ・ ・ ・	1456.
Pour l'an ・ ・ ・ ・ ・	1484.
Pour l'an ・ ・ ・ ・ ・	1512.

PREDICTIONS GENERALES.

Le Printems ſera froid, venteux & mal profitable à pluſieurs choſes, ſemblable au troiſiéme nombre Solaire.

L'Eté ſera profitable à tous biens terriens, & ſera aſſez chaud.

L'Automne ſera humide juſqu'au milieu, & le reſte paſſablement beau.

L'Hiver ſera long, & il fera de grandes gelées.

Le bled ſera cher & bien requis au commencement de l'année, qui entre en la mi-Mars.

Les vendanges ſeront bonnes en peu de pays, & il fera bon acheter des vins qui ſe puiſſent garder longtems, & ceux qui en acheteront & garderont feront un profit immenſe.

Les grains feront grand profit à ceux qui en acheteront & pourront les garder juſqu'à l'année ſuivante, car ils viendront en cherté après l'Hiver pour la peine que les grains auront ſouffert en terre en cette année.

PREDICTIONS PARTICULIERES.

Invention d'un grand art dans un Electorat.

V A U, eſt le vingt-uniéme nombre
Solaire qui aura cours.

Pour l'an						1289.
Pour l'an	.	.	.	.	´	1317.
Pour l'an	.	.	.	.	.	1345.
Pour l'an	.	.	`	.	.	1373.
Pour l'an	.	.	.	.	.	1401.
Pour l'an	.	.	.	.	.	1429.
Pour l'an	.	.	.	.	.	1457.
Pour l'an	.	.	.	.	.	1485.
Pour l'an	.	.	.	.	.	1513.

PREDICTIONS GENERALES.

En cette année, le Printems ſera froid & nuiſible aux biens de la terre.

L'Eté ſera venteux & extrêmement pluvieux.

L'Automne ſera moite & peu ſtable en vents.

La ſaiſon de l'Hiver ſera extraordinairement
difficile à paſſer, & il y aura de grandes gelées ſur
la fin.

Tous grains ſeront chers au commencement
de l'an, qui eſt la mi-Mars, en tous pays dont
tout le peuple ſera bien étonné, & il y aura
grande pitié.

Les ſeigles ſeront les plus apparens des grains
dans certains pays, & en Juillet & Août les
grains abaiſſeront, à la réſerve de l'avoine qui
ſera toujours chere.

Les vendanges, je n'en parle pas.

PREDICTIONS PARTICULIERES.

La Paix entre les Princes Chrétiens.
Les beaux Arts commenceront à fleurir.

AQUA, est le vingt-deuxiéme nombre Solaire qui aura cours.

Pour l'an	.	.	.	.	.	1290.
Pour l'an	.	.	.	.	.	1318.
Pour l'an	.	.	.	.	.	1346.
Pour l'an	.	.	.	.	.	1374.
Pour l'an	.	.	.	.	.	1402.
Pour l'an	.	.	.	.	.	1430.
Pour l'an	.	.	.	.	.	1458.
Pour l'an	.	.	.	.	.	1486.
Pour l'an	.	.	.	.	.	1514.

PREDICTIONS GENERALES.

Le Printems, cette année, sera froid & humide à tous biens terriens.

Les caves abaisseront & signifieront abaissement de bled, & à grand marché.

Les bleds de tous côtés & de tous pays viendront à bon marché & à basse vente.

L'Eté sera beau, mais sera venteux.

L'Automne demeurera en sa grande beauté.

L'Hiver sera froid, & il y aura de grandes neiges.

Août sera hâtif, & il sera assez de bon bled & autres grains.

Les vendanges seront hatives, & le vin sera en tout pays abondant, & il en sera assez de bonne qualité.

PREDICTIONS PARTICULIERES

Un grand Art utile à tous les Etats sera perfectionné dans la Capitale d'un grand Royaume.

GONER, est le vingt-troisme nombre
Solaire qui aura cours.

Pour l'an						1291.
Pour l'an						1319.
Pour l'an						1347.
Pour l'an						1375.
Pour l'an						1403.
Pour l'an						1431.
Pour l'an						1459.
Pour l'an						1487.
Pour l'an						1515.

PREDICTIONS GENERALES.

Le Printems, cette année, sera beau & agréable.
L'Eté sera chaud & humide.
L'Automne se fera voir dans toute sa beauté.
L'Hiver sera sec & froid jusqu'au milieu, & sa
fin sera pluvieuse & froide.

Cette année, le Peuple doit avoir grande
joye, car elle sera si abondante en toutes choses,
que quand Notre-Seigneur annonça au peuple
d'Israel que la Manne seroit si grande sur terre,
& plantée de tous biens terriens, que tout le
peuple en fut raffasié. Rendons graces à Dieu ;
Louons le Seigneur.

PREDICTIONS PARTICULIERES.

Naissance d'un grand Prince.
Grands tremblemens de terre.
Un grand Prince montera sur le Trône.

FENEL, eſt le vingt-quatriéme nombre Solaire qui aura cours.

Pour l'an	1292.
Pour l'an	1320.
Pour l'an	1348.
Pour l'an	1376.
Pour l'an	1404.
Pour l'an	1432.
Pour l'an	1460.
Pour l'an	1488.
Pour l'an	1516.

PREDICTIONS GENERALES.

En cette année, le Printems ſera beau & profitable à tous biens terriens.

Les bleds & vignes auront un bon commencement en fleuriſſant.

L'Eté ſera moite & mal profitable aux biens.

L'Automne ſera tardive & froide.

L'Hiver ſera mauvais par ſa longue durée, pour le froid dont le peuple ſouffrira beaucoup.

Les bleds & ſeigles ſeront grandement chers, & ceux qui en pourront garder juſqu'en hiver, feront grand profit.

Car l'Eté ſera ſi moite, qu'on ne poutra recueillir ni ſeigles ni bleds.

Ceux qui acheteront de bon vin, qui le pourront garder, feront grand profit, dit l'Auteur, que le denier ſera quatre mailles.

Car l'Automne ſera ſi facheuſe, que les vignes & raiſins ne pourront mûrir.

A la fin de Janvier les neiges ſe fonderont, & feront de grandes eaux, qui porteront beaucoup de dommages en pluſieurs endroits & pays, enſorte que cette année ſe trouve ſemblable à celle de *Fenor*, qui eſt le ſeptiéme nombre ſolaire.

PREDICTIONS PARTICULIERES.

La Paix enﬁre pluſieurs Princes Chrétiens.

Traité d'un Grand Prince avec notre Saint Pere.

DUR, est le vingt-cinquiéme nombre Solaire qui aura cours.

Pour l'an	1293.
Pour l'an	1321.
Pour l'an	1349.
Pour l'an	1377.
Pour l'an	1405.
Pour l'an	1433.
Pour l'an	1461.
Pour l'an	1489.
Pour l'an	1517.

PREDICTIONS GENERALES.

Le Printems, cette année, sera sec, froid & amer à tous arbres & biens terriens, qui auront petit commencement jusqu'au mois de Juin, lequel sera orageux & pluvieux jusqu'à la mi-Août, & sera tardif, semblable au quinziéme nombre solaire.

L'Automne sera moite & venteuse.

L'Hiver sera bien temperé, & ne sera de grandes froidures.

Au commencement de l'année il sera cherté de tous grains, ceux qui auront de l'argent en Août feront profit d'acheter du grain, mais qu'ils le vendent; quand cherté y est, c'est folie de le garder.

A la fin de l'année les grains diminueront de prix.

Les vendanges seront médiocres en tous Pays, & les vins seront verds, heureux ceux qui en seront fournis de bons, car ils feront grand profit.

PREDICTIONS PARTICULIERES.

Grande Guerre entre les Princes Chrétiens.

Un grand Prince montera sur le Trône.

Les Gens de Lettres seront en grand crédit, & récompensés dans une grande Cour de l'Europe.

CARITIER, est le vingt-sixiéme nombre Solaire qui aura cours.

Pour l'an	.	.	.	.	.	1294.
Pour l'an	.	.	.	.	.	1322.
Pour l'an	.	.	.	.	.	1350.
Pour l'an	.	.	.	.	.	1378.
Pour l'an	.	.	.	.	.	1406.
Pour l'an	.	.	.	.	.	1434.
Pour l'an	.	.	.	.	.	1462.
Pour l'an	.	.	.	.	.	1490.
Pour l'an	.	.	.	.	.	1518.

PREDICTIONS GENERALES

En cette année, le Printems sera froid & mauvais aux biens de la terre.

Les bleds auront mauvaise venue dans le commencement de l'Eté, parce que la saison sera froide.

Les bleds recueillis en bonne terre seront bons & de garde.

Tous les grains gerberont bien, mais Août sera tardif, & tous les grains se vendront bien en tous Pays en Eté.

Les vendanges seront tardives, mais il sera en tous Pays beaucoup de vin.

A la fin de cette année les grains diminueront de prix, mais le bon vin sera requis & cher.

PREDICTIONS PARTICULIERES.

République Souveraine reconnue par toutes les Puissances de la terre.

BEUS, eſt le vingt-ſeptiéme nombre Solaire qui aura cours.

Pour l'an	.	.	.	.	.	1295.
Pour l'an	.	.	.	.	.	1323.
Pour l'an	.	.	.	.	.	1351.
Pour l'an	.	.	.	.	.	1379.
Pour l'an	.	.	.	.	.	1407.
Pour l'an	.	.	.	.	.	1435.
Pour l'an	.	.	.	.	.	1463.
Pour l'an	.	.	.	.	.	1491.
Pour l'an	.	.	.	.	.	1519.

PREDICTIONS GENERALES.

Le Printems, cette année, ſera ſec, froid & amer à tous arbres & biens terriens, qui auront petit commencement juſqu'au mois de Juin, lequel ſera orageux & pluvieux, juſqu'à la mi-Août, & ſera tardif, ſemblable au quinziéme nombre Solaire.

L'Automne ſera moite & ventenſe.

L'Hiver ſera bien temperé, & ne ſera de grands froids.

Les bleds ſeront chers juſqu'en Août.

Les vendanges ſeront tardives, mais il ſera beaucoup de vin en tous Pays, & à bon marché.

Sur la fin de cette année, les bleds, vins & autres denrées, viendront à bon marché.

PREDICTIONS PARTICULIERES.

Sous une Regle particuliere une Communauté d'hommes ſe formera dans un grand Royaume.

Découverte d'un beau Pays.

ACTOR, eft le vingt-huitiéme nombre
Solaire qui aura cours.

Pour l'an					1296.
Pour l'an					1324.
Pour l'an					1352.
Pour l'an					1380.
Pour l'an					1408.
Pour l'an					1436.
Pour l'an					1464.
Pour l'an					1492.
Pour l'an					1520.

PREDICTIONS GENERALES.

En cette année, le Printems fera pluvieux &
venteux au commencement, & la fin très-belle &
agréable.

L'Eté fera moite & temperé.

L'Automne fera profitable & bonne à la vendange, & favorable pour les femenees.

L'Hiver fera froid, avec pluyes & neiges.

Au commencement de l'année tous grains feront à bon marché.

Les vendanges feront bonnes & planturenfes.

Les grains feront à bon marché l'Hiver, & il
fera bon en acheter, car ils feront chers au Printems fuivant.

Les vins délicats feront chers & bien requis.

PREDICTIONS PARTICULIERES.

Les Sciences & les beaux Arts fleuriront.

Un grand Prince montera fur le Trône.

Le Commerce foutenu fera la joye de tous les
Etats de la Chrétienneté.

FIN DU PREMIER LIVRE.

DIEU SUR TOUT.

PROPHETIES
PERPETUELLES.

SECOND LIVRE.

Continuation des Prédictions climatériques & particulieres.

LE jugement eſt l'office de tous, auquel les
hommes s'appliquent de différentes ma-
nieres. Les uns critiquent, les autres approuvent,
chaque Expert doit être cependant cru en ſon
art. Le Dialecticien ſe rapporte au Grammai-
rien de la ſignification des mots ; le Rhétoricien
emprunte du Dialecticien les lieux des argumens ;
le Poëte, du Muſicien les meſures ; le Géomé-
trien, de l'Arithméticien les proportions ; les Mé-
taphiſiciens prennent pour ſondement les conjec-
tures de la Phyſique, car chaque ſcience a ſes
principes préſuppoſés : ceci non révoqué en
doute, je dirai, comme ci-devant, que le Soleil fait ſon tour par vingt-huit nombres, qui
contiennent vingt-huit années, multipliées par
neuf, font deux cens cinquante-deux ans, leſ-
quels finis, le Soleil recommence de rechef ſon
tour par *Fer*, qui eſt ſon premier nombre, &
finit par *Actor*, qui eſt le vingt - huitiéme
nombre.

FER, est le premier nombre Solaire
qui aura cours.

Pour l'an   . . . . .
Pour l'an   . . . . .   1521.
Pour l'an   . . . . .   1549.
Pour l'an   . . . . .   1577.
Pour l'an   . . . . .   1605.
Pour l'an   . . . . .   1633.
Pour l'an   . . . . .   1661.
Pour l'an   . . . . .   1689.
Pour l'an   . . . . .   1717.
Pour l'an   . . . . .   1745.

PREDICTIONS GENERALES.

En cette année le Printems sera beau & profitable à tous biens terriens.

Les vignes & les bleds auront bon commencement en fleurissant.

L'Eté sera moite & mal profitable aux biens, & sera tardif.

L'Automne sera froide & tardive.

L'Hiver sera froid & pluvieux au commencement, & sera sec & froid sur la fin.

Les bleds seront bons, & il sera bon les garder, de même que les seigles, & ils se vendront bien.

Les vendanges seront bonnes & assez plantureuses, & les vins auront bonne vente.

PREDICTIONS PARTICULIERES.

La naissance d'un Prince dans une grande Cour de l'Europe, y causera bien de la joye.

Grande Guerre entre plusieurs Princes Chrétiens.

Grande Bataille sera donnée.

QUAR, eſt le ſecond nombre Solaire
qui aura cours.

Pour l'an	.	.	.	.	.	1522.
Pour l'an	.	.	.	.	,	1550.
Pour l'an	.	.	.	.	.	1578.
Pour l'an	.	.	.	.	.	1606.
Pour l'an	.	.	.	.	.	1634.
Pour l'an	.	.	.	.	.	1662.
Pour l'an	:	.	.	.	.	1690.
Pour l'an	,	.	.	.	.	1718.
Pour l'an	.	.	.	.	.	1746.

PREDICTIONS GENERALES.

En cette année, le Printems ſera bon & propre à tous biens terriens.

L'Eté ſera profitable, & il y aura de grandes
chaleurs.

L'Automne ſera moite & venteuſe.

L'Hiver ſera long & ſec, & il y aura de grandes gelées & beaucoup de neiges juſqu'à la fin de
Janvier, que le dégele viendra avec abondance
d'eaux.

Il ſera recueilli du grain raiſonnablement, &
il ſera aſſez cher.

Les vendanges ſeront bonnes en peu de pays, &
il ſera bon garder & acheter du Vin, car il ſe vendra bien, & ſera grand profit.

PREDICTIONS PARTICULIERES.

Inſtitution d'un grand Ordre de Chevalerie
dans un grand Royaume.

Une Tête couronnée cédera le pas à une autre
Couronne.

La paix entre les Princes Chrétiens.

JUR est le troisiéme nombre Solaire qui aura cours.

Pour l'an	•	•	•	•	•	1523.
Pour l'an	•	•	•	•	•	1551.
Pour l'an	•	•	•	•	•	1579.
Pour l'an	•	•	•	•	•	1607.
Pour l'an	•	•	•	•	•	1635.
Pour l'an	•	•	•	•	•	1663.
Pour l'an	•	•	•	•	•	1691.
Pour l'an	•	•	•	•	•	1719.
Pour l'an	•	•	•	•	•	1747.

PREDICTIONS GENERALES.

En cette année, le Printems sera venteux, froid & mal profitable à plusieurs choses.

L'Eté sera propre à tous biens, & sera assez chaud.

L'Automne sera humide jusqu'au milieu, & le reste sera assez beau.

L'Hiver sera long & supportable.

Le bled sera cher & bien requis au commencement de l'année qui entre en la mi-Mars.

Les vendanges seront bonnes en peu de pays, & il sera bon acheter des vins qui puissent se garder longtems, & ceux qui en acheteront & garderont feront bien leur profit.

Les grains enrichiront bien ceux qui pourront les garder jusqu'en l'année suivante.

PREDICTIONS PARTICULIERES.

Plusieurs Provinces limitrophes formeront une grande République.

Célébre confirmation d'un Traité d'alliance.

Le Papier en grand crédit.

Bien des révolutions arriveront cette année dans un grand Royaume de la Chrétienneté.

CORT, est le quatriéme nombre Solaire
qui aura cours.

Pour l'an	.	.	.	.	.	1524.
Pour l'an	.	.	.	.	.	1552.
Pour l'an	.	.	.	.	.	1580.
Pour l'an	.	.	.	.	.	1608.
Pour l'an	.	.	.	.	.	1636.
Pour l'an	.	.	.	.	.	1664.
Pour l'an	.	.	.	.	.	1692.
Pour l'an	.	.	.	.	.	1720.
Pour l'an	.	.	.	.	.	1748.

PREDICTIONS GENERALES.

Le Printems sera froid cette année, & peu
profitable.

L'Eté sera moite & contraire à toutes choses,
qui signifieront que les bleds auront mauvaise
venue.

L'Automne sera froide & moite, & fera mauvaise allure.

L'Hiver il fera de belles froidures.

Mais en cette année les bleds & autres grains
feront de petite venue : qui les pourra garder, fera
grand profit

Il fera bon acheter du vin en Eté, car il augmentera de prix par la mauvaise venue qu'il aura en vendange, & il fera bien cher & bien requis : la misere du tems & de la faison fera caufe
que l'on en fera peu, quoique les vignes ayent eu
belle apparence au commencement.

PREDICTIONS PARTICULIERES.

Un grand Prince fe féparera de l'Eglife Romaine.

Grande trahifon exécutée dans une grande Cour
de l'Europe.

Inftitution d'un grand Ordre de Chevalerie
dans un beau Royaume.

Le Papier en grand difcrédit.

Naiffance d'un Prince dans une grande Cour.

AMAT, est le cinquiéme nombre
Solaire qui aura cours.

Pour l'an					1525.
Pour l'an					1553.
Pour l'an					1581.
Pour l'an					1609.
Pour l'an					1637.
Pour l'an					1665.
Pour l'an					1693.
Pour l'an					1721.
Pour l'an					1749.

PREDICTIONS GENERALES

Le Printems sera, cette année, pluvieux &
venteux.

Je ne parlerai point de l'Eté.

L'Automne sera sec & beau jusqu'à la fin.

L'Hiver sera doux & moite.

Il sera bien du froment, peu de seigles ; les
bleds seront fort chers jusqu'à la récolte, & sera
grande pitié.

Les bons vins seront grandement chers & requis ; mais ils diminueront de prix en vendange, de même que toutes les autres denrées :
Ce qui signifiera un bon tems : il sera mauvais
acheter du vin pour le garder ; car on ne le vendra pas, à cause que les gens de métier seront
pauvres & l'argent rare en bien des Etats de la
Chrétienneté.

PREDICTIONS PARTICULIERES.

Grande Bataille.

Un Roi fait Prisonnier.

Institution d'un Ordre de Chevalerie dans un
grand Royaume.

Un grand Prince montera sur le Trône.

GENUS

GENUS, est le sixiéme nombre Solaire
qui aura cours.

Pour l'an	.	.	.	.	..	1526.
Pour l'an	.	.	.	.	.	1554.
Pour l'an	.	.	.	..	.	1582.
Pour l'an	.	.	.	..		1610.
Pour l'an	.	.	.	.		1638.
Pour l'an	.	..	.	.	..	1666.
Pour l'an	..	.	.	..	.	1694.
Pour l'an	..	.	.	.	..	1722.
Pour l'an	.	.	.	.	.	1750.

PREDICTIONS GENERALES.

En cette année le Printems sera doux & agréable, & les bleds auront bonne venue.

L'Eté sera sec & chaud.

L'Automne sera bien tempérée & profitable aux
biens de la terre qu'on ensemencera, qui auront
un bon commencement.

L'Hiver sera assez variable.

Il sera beaucoup de bled en tout pays, & sera
à grand marché.

Après l'Août les vendanges seront bonnes &
plantureuses en beaucoup de pays ; ce qui sera
que le vin sera à bas prix.

En Hiver il sera bon acheter avoine & froment, & les mettre au grenier.

PREDICTIONS PARTICULIERES.

La perte d'un grand Prince Catholique.
Naissance d'un grand Prince.
Grande guerre entre les Princes Chrétiens.
Mort subite d'un grand Prince.

D

FENOR, eſt le ſeptiéme nombre
Solaire qui aura cours.

Pour l'an	.	.	.	.	1527.
Pour l'an	.	.	.	.	1555.
Pour l'an	.	.	.	.	1583.
Pour l'an	.	.	.	.	1611.
Pour l'an	.	.	.	.	1639.
Pour l'an	.	.	.	.	1667.
Pour l'an	.	.	.	.	1695.
Pour l'an	.	.	.	.	1723.
Pour l'an	.	.	.	.	1751.

PREDICTIONS GENERALES.

La préſente année ſera ſemblable à la premiere du nombre Solaire, encore plus mauvaiſe.

Au Printems il ſera bon acheter avoine, car
la plus grande cherté y ſera

Les bleds & ſeigles ſeront grandement chers,
& ceux qui en pourront garder juſqu'en hiver,
feront grand profit ; car l'Eté ſera ſi moite, qu'on
ne pourra recueillir ni ſeigles ni bleds.

Ceux qui acheteront de bon vin, qui le pourront garder, feront grand profit, dit l'Auteur :
Que le denier ſera quatre mailles. Car l'Automne ſera ſi fâcheuſe, que les vignes & raiſins ne
pourront mûrir.

A la fin de Janvier les neiges ſe fonderont, &
feront de grandes eaux qui porteront beaucoup
de dommages en pluſieurs endroits & pays.

PREDICTIONS PARTICULIERES.

Une choſe extraordinaire paroîtra cette année
dans un grand Royaume.

Le Commerce prendra faveur dans un beau
Royaume.

Heureux combat.

GEMINI, est le huitiéme nombre Solaire qui aura cours.

Pour l'an					1528.
Pour l'an					1556.
Pour l'an					1584.
Pour l'an					1612.
Pour l'an					1640.
Pour l'an					1668.
Pour l'an					1696.
Pour l'an					1724.
Pour l'an					1752.

PREDICTIONS GENERALES.

En cette année, le Printems sera bon, bien temperé, & profitable à tous biens terriens.

L'Eté sera beau, ni trop chaud, ni trop froid.

L'Automne sera moite & venteuse.

L'Hiver ne sera pas bien froid.

Ceux qui auront du grain, qu'ils le vendent, car les grains auront bonne venue cette année, & seront à bon marché.

Ceux qui auront du vin, qu'ils le vendent également au commencement du Printems ; car les vendanges foisonneront bien.

Cette année les peuples se réjouiront bien, la récolte étant abondante, le Commerce soutenu, & l'argent fort commun en beaucoup de pays.

PREDICTIONS PARTICULIERES.

Un grand Prince amateur des belles Lettres.
Grande Flotte sur Mer.
La paix entre les Princes Chrétiens.

CONTINUO, eſt le neuviéme nombre
Solaire qui aura cours.

Pour l'an	•	•	•	•	•	1529.
Pour l'an	•	•	•	•	•	1557.
Pour l'an	•	•	•	•	•	1585.
Pour l'an	•	•	•	•	•	1613.
Pour l'an	•	•	•	•	•	1641.
Pour l'an	•	•	•	•	•	1669.
Pour l'an	•	•	•	•	•	1697.
Pour l'an	•	•	•	•	•	1725.
Pour l'an	•	•	•	•	•	1753.

PREDICTIONS GENERALES.

En cette année le Printems ſera froid & nuiſible aux biens de la terre.

L'Eté ſera venteux & extraordinairement pluvieux.

L'Automne ſera moite & peu ſtable pour les
vents.

La ſaiſon de l'Hiver ſera moite & froide, &
nuiſible à la ſanté.

Au commencement du Printems le bled ſera
cher, & ſe vendra bien juſqu'aux moiſſons qu'il
diminuera ; car les bleds ſeront beaux & bons
& gerberont bien ; mais ils ſeront difficiles à reſſerrer à cauſe des pluyes continuelles.

Les Vendanges cette année ſeront abondantes
& foiſonneront bien, mais le Vin aura peu de
qualité.

PREDICTIONS PARTICULIERES.

Changement de Miniſtere dans la Cour d'un
grand Roi de l'Europe.

Grand Traité de paix.

Un grand Prince montera ſur le Trône.

Mariage d'un grand Roi.

BISE, eſt le dixiéme nombre Solaire
qui aura cours.

Pour l'an	.	.	.	.	.	1530.
Pour l'an	.	.	.	.	.	1558.
Pour l'an	.	.	.	.	.	1586.
Pour l'an	.	.	.	.	.	1614.
Pour l'an	.	.	.	.	.	1642.
Pour l'an	.	.	.	.	.	1670.
Pour l'an	.	.	.	.	.	1698.
Pour l'an	.	.	.	.	.	1726.
Pour l'an	.	.	.	.	.	1754.

PREDICTIONS GENERALES.

Le Printems cette année ſera pluvieux juſqu'à
la mi-Avril, qui après ſera venteux.

L'Eté ſera chaud, avec tonnerre, éclairs &
pluyes.

Cette année ſera peſtilentielle, à cauſe des
grandes chaleurs de l'Eté.

Les bleds ſeront bons & de bonne vente, &
ſeront à prix raiſonnable pour le Maître & pour
le Fermier.

L'Automne ſera moite.

La vendange ſera bonne, mais elle ne ſera
pas plantureuſe ; les bons vins ſeront chers &
requis.

L'Hiver ſera froid & de longue durée, qui
cauſera beaucoup de mortalité, & ſera ſouffrir les
pauvres.

PREDICTIONS PARTICULIERES.

Une Statue Equeſtre ſera érigée à l'honneur
d'un grand Roi, dont la mémoire ſera toujours
précieuſe à ſes peuples.

Naiſſance d'un grand Prince.

ARIES, est le onziéme nombre Solaire
qui aura cours.

Pour l'an	•	•	•	•	1531.
Pour l'an	•	•	•	•	1559.
Pour l'an	•	•	•	•	1587.
Pour l'an	•	•	•	•	1615.
Pour l'an	•	•	•	•	1643.
Pour l'an	•	•	•	•	1671.
Pour l'an	•	•	•	•	1699.
Pour l'an	•	•	•	•	1727.
Pour l'an	•	•	•	•	1755.

PREDICTIONS GENERALES.

Le Printems, cette année, sera froid & de longue durée jusqu'en Mai.

L'Eté sera sec & chaud, avec tonnerre &
éclairs.

L'Automne sera chaud & fort beau.

L'Hiver sera froid, & fera de grandes neiges.

Il sera abondance de bled en tout pays, &
beaucoup de fruits.

Les vendanges seront bonnes en tous pays.

En cette année sera le siécle bien en paix en
toute la Chrétienneté, & il y aura bon marché de
bled & de vin qui réjouira tout le peuple.

PREDICTIONS PARTICULIERES.

Un grand Prince montera sur le Trône, &
son Regne sera long & glorieux.

Un habile Ministre dans une grande Cour formera un établissement bien utile pour l'Etat.

Naissance d'un grand Prince.

GENOR, est le douziéme nombre Solaire qui aura cours.

Pour l'an	.	.	.	.	.	1532.
Pour l'an	.	.	.	.	.	1560.
Pour l'an	.	.	.	.	.	1588.
Pour l'an	.	.	.	.	.	1616.
Pour l'an	.	.	.	.	.	1644.
Pour l'an	.	.	.	.	.	1672.
Pour l'an	.	.	.	.	.	1700.
Pour l'an	.	.	.	.	.	1728.
Pour l'an	.	.	.	.	.	1756.

PREDICTIONS GENERALES.

En cette année, qui est semblable & égale à l'année quand *Genus* fit son tour, qui est le sixiéme nombre Solaire.

Le Printems sera doux & beau.

L'Eté sera sec & chaud.

L'Automne sera bien temperé & profitable aux biens de la terre que l'on ensemencera, & qui auront bonne venue.

Il sera beaucoup de bled en tous pays, & sera à bon marché.

L'Hiver sera assez variable.

Après l'Août les vendanges seront bonnes & plantureuses en beaucoup de pays, ce qui fera que le vin sera à bas prix, dont tout le peuple Chrétien doit louer Dieu.

PREDICTIONS PARTICULIERES.

Grande guerre entre les Princes Chrétiens.
Fameux passage sur un grand Fleuve.
Un grand Prince montera sur le Trône.
Grande Guerre.

EST EST, eſt le treiziéme nombre
Solaire qui aura cours.

Pour l'an						1533.
Pour l'an						1561.
Pour l'an						1589.
Pour l'an						1617.
Pour l'an						1645.
Pour l'an						1673.
Pour l'an						1701.
Pour l'an						1729.
Pour l'an						1757.

PREDICTIONS GENERALES.

Le Printems, cette année, ſera moite & chaud.

L'Eté ſera humide au commencement, le milieu & la fin très-chauds.

L'Automne ſera aſſez beau.

L'Hiver ſera fâcheux aux Vieillards.

Tous les biens terriens de cette année dont les peuples de ce ſiécle ſont ſoutenus, ſeront à bon marché au commencement du Printems en tous pays ; mais après l'hiver ils ſeront chers.

Tous ceux qui ſe fourniront de bled, de ſeigles, & de bon vin au commencement de cette année feront grand profit ; mais c'eſt folie de le garder quand cherté y eſt.

Toutes choſes terriennes ſont muables, dit le Philoſophe, & Dieu le ſçait.

PREDICTIONS PARTICULIERES.

Un grand Prince montera ſur le Trône.
Grande Guerre.
Naiſſance d'un grand Prince.
Grande Bataille.

D'EST, est le quatorziéme nombre Solaire qui aura cours.

Pour l'an	.	.	.	.	1534.
Pout l'an	.	.	.	.	1562.
Pour l'an	.	.	.	.	1590.
Pour l'an	.	.	.	.	1618.
Pour l'an	.	.	.	.	1646.
Pour l'an	.	.	.	.	1674.
Pour l'an	.	.	.	.	1702.
Pour l'an	.	.	.	.	1730.
Pour l'an	.	.	.	.	1758.

PREDICTIONS GENERALES.

Le Printems, cette année, sera fort hatif à tous biens à venir.

L'Eté sera chaud & donnera de grandes pluyes.

L'Automne sera humide & moite & contraire aux semences, qui seront difficiles à faire.

L'Hiver sera grand & froid, & il y aura de grandes gelées jusqu'à la fin.

Au commencement de cette année qui sera la mi-mars, seront toutes semences constantes au Printems, & bien requises.

Ceux qui auront des Avoines & autres menus Grains, s'ils les vendent au mois de Mars feront leur profit.

Les Bleds multiplieront en Eté, & il y aura perte à les garder.

Ceux qui auront de bon vin l'Eté qu'ils le vendent, car il se vendra mieux en cette saison qu'après la récolte des Vendanges.

PREDICTIONS PARTICULIERES.

Une Tête Couronnée donnera bataille.

Un grand Prince montera sur le Trône.

Une grande Princesse montera sur le Trône.

E

CORDE', eſt le quinziéme nombre Solaire qui aura cours.

Pour l'an	•	•	•	•	•	1535.
Pour l'an	•	•	•	•	•	1563.
Pour l'an	•	•	•	•	•	1591.
Pour l'an	•	•	•	•	•	1619.
Pour l'an	•	•	•	•	•	1647.
Pour l'an	•	•	•	•	•	1675.
Pour l'an	•	•	•	•	•	1703.
Pour l'an	•	•	•	•	•	1731.
Pour l'an	•	•	•	•	•	1759.

PREDICTIONS GENERALES.

Cette année le Printems ſera ſec, froid & amer à tous Arbres & biens terriens, qui auront petit commencement juſqu'au mois de Juin, lequel ſera orageux & pluvieux juſqu'à la mi-Août, ce qui retardera la récolte.

L'Automne ſera moite & venteuſe, & peu favorable pour les ſemences.

L'Hiver ſera bien temperé, & il n'y aura de grandes froidures.

Les bleds ſeront chers juſqu'en Août.

Les vendanges ſeront tardives, mais il ſera en tous Pays beaucoup de Vin.

A la fin de cette année les grains diminueront de prix.

PREDICTIONS PARTICULIERES.

La Paix ſera entre les Princes Chrétiens.

Mort d'un grand Général d'Armée.

Invention d'une grande Machine fort utile à un Etat.

Grand Commerce ſur Mer & ſur Terre.

BOUR, eſt le ſeiziéme nombre Solaire qui aura cours.

Pour l'an	.	.	.	.	1536.
Pour l'an	.	.	.	.	1564.
Pour l'an	.	.	.	.	1592.
Pour l'an	.	.	.	.	1620.
Pour l'an	.	.	.	.	1648.
Pour l'an	.	.	.	.	1676.
Pour l'an	.	.	.	.	1704.
Pour l'an	.	.	.	.	1732.
Pour l'an	.	.	.	.	1760.

PREDICTIONS GENERALES.

En cette année, le Printems ſera pluvieux, juſques à la mi Avril, qui après ſera venteux.

L'Eté ſera chaud, avec tonnerre, éclairs & pluyes.

Cette année ſera peſtilentielle, à cauſe des grandes chaleurs de l'Eté.

Les bleds ſeront bons & de bonne venue.

La vendange ſera bonne, mais elle ne ſera pas plantureuſe.

L'Hiver ſera froid & de longue durée.

Enſorte que cette année ſe trouve ſemblable en toute maniere à celle de *Biſe*, qui eſt ſous le dixiéme nombre ſolaire, & fait ainſi ſon tour ; qui ne le ſçait qu'il l'apprenne, Dieu le veut ; & je promets là-deſſus être nommé Philoſophe certain.

PREDICTIONS PARTICULIERES.

Grand Traité de Paix.

La Souveraineté d'une République reconnue libre & indépendante par toutes les Puiſſances de la Terre.

Un grand Prince ſera couronné.

Un grand Prince placera ſon fils ſur le Trône.

E ij

GENER, est le dix - septiéme nombre
Solaire qui aura cours.

Pour l'a	.	.	.	.	1537.
Pour l'an	.	.	.	.	1565.
Pour l'an	.	.	.	.	1593.
Pour l'an	.	.	.	.	1621.
Pour l'an	.	.	.	.	1649.
Pour l'an	.	.	.	.	1677.
Pour l'an	.	.	.	.	1705.
Pour l'an	.	.	.	.	1733.
Pour l'an	.	.	.	.	1761.

PREDICTIONS GENERALES.

Le commencement du Printems, cette année,
sera pluvieux & sa fin venteuse.

L'Eté sera moite, avec tonnerre, éclairs, &
sera fort chaud.

L'Automne sera belle & agréable.

L'Hiver sera froid & peu supportable pour les
pauvres qui souffriront beaucoup.

Les bleds seront bons & de bonne qualité.

La vendange sera bonne, mais elle ne sera pas
abondante.

Ceux qui seront fournis de bleds & autres
grains & de vins, feront grand profit de les
vendre dans les tems ordinaires de la vente.

PREDICTIONS PARTICULIERES.

Le Commerce dans un Royaume fera le bonheur des peuples.

La mort d'un grand Prince causera bien du
trouble dans ses Etats.

Un excellent Prince montera sur le Trône.

Un Sang Royal multipliera toute la Chrétienneté.

FENUS, est le dix-huitiéme nombre Solaire qui aura cours.

Pour l'an						1538.
Pour l'an						1566.
Pour l'an						1594.
Pour l'an						1622.
Pour l'an						1650.
Pour l'an						1678.
Pour l'an						1706.
Pour l'an						1734.
Pour l'an						1762.

PREDICTIONS GENERALES.

Cette année le Printems sera peu agréable; car il sera venteux & pluvieux.

L'Eté sera chaud, il y aura des tonnerres, de grands éclairs, avec pluies.

L'Automne sera moite & incommode.

L'Hiver sera froid & de longue durée.

Cette année les bleds & les vins seront de bonne qualité, mais il ne faudra pas les garder, ils se vendront bien.

PREDICTIONS PARTICULIERES.

Grande trahison exécutée.

Un grand Prince placera son fils sur le Trône.

Grande Guerre entre plusieurs Princes Chrétiens.

Grandes Batailles gagnées.

Grande Guerre entre les Princes Chrétiens.

GROSSVS, est le dix-neuviéme nombre
Solaire qui aura cours.

Pour l'an							1539.
Pour l'an							1567.
Pour l'an							1595.
Pour l'an							1623.
Pour l'an							1651.
Pour l'an							1679.
Pour l'an							1707.
Pour l'an							1735.
Pour l'an							1763.

PREDICTIONS GENERALES.

En cette année le Printems sera bon & agréable.

L'Eté sera profitable à tous biens.

L'Automne sera moite & venteuse.

L'Hiver sera long & sec, & il y aura de grandes
gelées & de grandes neiges jusqu'à la fin de Janvier que le dégele viendra avec abondance d'eau

Il sera du grain raisonnablement, & il sera assez
cher.

Les vendanges seront bonnes en peu de pays,
il sera bon garder & acheter du vin ; car il se
vendra bien & fera grand profit, ensorte que
cette année est semblable à celle du second nombre solaire, & le sera jusqu'à la fin du monde.

PREDICTIONS PARTICULIERES.

Une Souveraine portera ses armes jusques sur
le Rhin.

Articles préliminaires de la Paix.

Un Ministre dont la sagesse est impénétrable,
deviendra l'Arbitre universel de toute l'Europe.

Mort d'un grand Général d'Armée.

Les Généraux d'Armée se dresseront des em-
buches.

DICAT, eſt le vingtiéme nombre
Solaire qui aura cours.

Pour l'an	1540
Pour l'an	1568
Pour l'an	1596
Pour l'an	1624
Pour l'an	1652
Pour l'an	1680
Pour l'an	1708
Pour l'an	1736
Pour l'an	1764

PREDICTIONS GENERALES.

Le Printems ſera froid, venteux & mal profitable à pluſieurs choſes, ſemblable au troiſiéme
nombre Solaire.

L'Eté ſera profitable à tous biens terriens, &
ſera aſſez chaud

L'Automne ſera humide juſqu'au milieu, & le
reſte paſſablement beau.

L'Hiver ſera long, & il ſera de grandes gelées.

Le bled ſera cher & bien requis au commencement de l'année, qui entre en la mi-Mars.

Les vendanges ſeront bonnes en peu de pays,
& il ſera bon acheter des vins qui ſe puiſſent garder long-tems, & ceux qui en acheteront & garderont feront un profit immenſe.

Les grains feront un grand profit à ceux qui en
acheteront & qui pourront les garder juſqu'à l'année ſuivante, car ils viendront en cherté après
l'Hiver, pour la peine que les grains auront ſouffert en terre cette année.

PREDICTIONS PARTICULIERES.

Grands troubles dans une Ville Capitale d'un
grand Royaume.

Naiſſance d'un grand Prince.

Heureux Combat.

E iiij

VAU, est le vingt uniéme nombre
Solaire qui aura cours.

Pour l'an					
Pour l'an	.	.	.	.	1541.
Pour l'an	.	.	.	.	1569.
Pour l'an	.	.	.	.	1597.
Pour l'an	.	.	.	.	1625.
Pour l'an	.	.	.	.	1653.
Pour l'an	.	.	.	.	1681.
Pour l'an	.	.	.	.	1709.
Pour l'an	.	.	.	.	1737.
Pour l'an	.	.	.	.	1765.

PREDICTIONS GENERALES.

En cette année, le Printems sera froid & nuisible aux biens de la terre.

L'Eté sera venteux & extrêmement pluvieux.

L'Automne sera moite & peu stable pour les vents.

La saison de l'Hiver sera extraordinairement difficile à passer, & il y aura de grandes gelées sur la fin.

Tous grains seront chers au commencement de l'an, qui est la mi-Mars, en tous pays, dont tout le peuple sera bien étonné, & il y aura grande pitié.

Les seigles seront les plus apparens des grains dans certains pays, & les menus grains seront d'un grand secours, en Juillet & Août les grains abaisseront, à la reserve de l'Avoine qui sera toujours chere.

Les vendanges, je n'en parle pas.

PREDICTIONS PARTICULIERES.

Une Tête couronnée prendra possession des Etats d'un Souverain.

La Paix sera entre tous les Princes Chrétiens.

Mariage d'un grand Roy.

Mort d'une grande Reine.

La Paix sera entre les Princes Chrétiens.

AQUA, est le vingt-deuxiéme nombre
Solaire qui aura cours.

Pour l'an	.	.	.	.	.	1542
Pour l'an	.	.	.	.	.	1570.
Pour l'an	.	.	.	.	.	1598.
Pour l'an	.	.	.	.	.	1626.
Pour l'an	.	.	.	.	.	1654.
Pour l'an	.	.	.	.	.	1682.
Pour l'an	.	.	.	.	.	1710.
Pour l'an	.	.	.	.	.	1738.
Pour l'an	.	.	.	.	.	1766.

PREDICTIONS GENERALES.

Le Printems, cette année, sera froid & humide
à tous biens terriens.

Les caves abaisseront & signifieront abaissement de bled , & à grand marché.

Les bleds de tous côtés & de tous pays viendront à bon marché & à basse vente.

L'Eté sera beau, mais il sera venteux.

L'Automne demeurera en sa grande beauté.

L'Hiver sera froid, & il y aura de grandes
neiges.

Août sera hatif, & il sera assez de bon bled &
autres grains.

Les vendanges seront hatives, & le vin sera en
tout pays abondant, & il en sera assez de bonne
qualité.

PREDICTIONS PARTICULIERES.

Naissance d'un grand Prince.

Une Puissance Maritime fera de grands progrès.

Une Cour Souveraine & très-respectable, donnera de grandes marques de son zéle pour le
soutien de l'Etat.

Déclaration de Guerre entre les Princes Chrétiens.

GONER, eſt le vingt-troiſiéme nombre
Solaire qui aura cours.

Pour l'an	.	.	.	.	1543.
Pour l'an	.	.	.	.	1571.
Pour l'an	.	.	.	.	1599.
Pour l'an	.	.	.	.	1627.
Pour l'an	.	.	.	.	1655.
Pour l'an	.	.	.	.	1683.
Pour l'an	.	.	.	.	1711.
Pour l'an	.	.	.	.	1739.
Pour l'an	.	.	.	.	1767.

PREDICTIONS GENERALES.

Le Printems, cette année, ſera beau & agréable;
L'Eté ſera chaud & humide.
L'Automne ſe fera voir dans toute ſa beauté.
L'Hiver ſera ſec & froid juſqu'au milieu, & ſa
fin ſera pluvieuſe & froide.

Cette année, le Peuple doit avoir grande
joye, car elle ſera ſi abondante en toutes choſes,
que quand Notre - Seigneur annonça au peuple
d'Iſraël que la Manne ſeroit ſi grande ſur terre,
& plantée de tous biens terriens, que tout le
Peuple en fut raſſaſié. Rendons graces à Dieu;
Louons le Seigneur.

PREDICTIONS PARTICULIERES.

La Paix entre les Princes de la Chrétienneté.
De grandes Alliances ſe feront entre deux
Têtes couronnées.
Grandes réjouiſſances publiques.
Un grand Prince montera ſur le Trône.
La paix ſera entre les Princes Chrétiens.

FENEL, est le vingt-quatriéme nombre
Solaire qui aura cours.

Pour l'an						1544.
Pour l'an	.	.	.	.	.	1572.
Pour l'an	.	.	.	.	.	1600.
Pour l'an	.	.	.	.	.	1628.
Pour l'an	.	.	.	.	.	1656.
Pour l'an	.	.	.	.	.	1684.
Pour l'an	.	.	.	.	.	1712.
Pour l'an	.	.	.	.	.	1740.
Pour l'an	.	.	.	.	.	1768.

PREDICTIONS GENERALES.

En cette année, le Printems sera beau & profitable à tous biens terriens.

Les vignes & les bleds auront un bon commencement en fleurissant.

L'Eté sera moite & mal profitable aux biens.

L'Automne sera tardive & froide.

L'Hiver sera mauvais par sa longue durée, pour le froid, dont le peuple souffrira beaucoup.

Au Printems il sera bon acheter Avoine, car la plus grande cherté y sera.

Les bleds & les seigles seront grandément chers, & ceux qui en pourront garder jusqu'en hiver feront grand profit ; Car l'Eté sera si moite, qu'on ne pourra recueillir ni seigles ni bleds.

Ceux qui acheteront de bon vin, qui le pourront garder, feront grand profit, dit l'Auteur, que le denier sera quatre mailles ; Car l'Automne sera si fâcheuse, que les vignes & raisins ne pourront mûrir.

A la fin de Janvier les neiges se fonderont, & feront de grandes eaux, qui porteront beaucoup de dommages en plusieurs endroits & Pays, ensorte que cette année se trouve semblable & comparable à celle du septiéme nombre solaire.

PREDICTIONS PARTICULIERES.

Cruel Combat. Heureux combat.
Grands Troubles dans un grand Royaume.

DUR, est le vingt - cinquiéme nombre
Solaire qui aura cours.

Pour l'an	. . . . .	1545.
Pour l'an	. . . . .	1573.
Pour l'an	. . . . .	1601.
Pour l'an	. . . . .	1629.
Pour l'an	. . . . .	1657.
Pour l'an	. . . . .	1685.
Pour l'an	. . . . .	1713.
Pour l'an	. . . . .	1741.
Pour l'an	. . . . .	1769.

PREDICTIONS GENERALES.

Le Printems, cette année, sera sec, froid &
amer à tous arbres & biens terriens, qui auront
petit commencement jusqu'au mois de Juin, lequel sera orageux & pluvieux jusqu'à la mi-
Août, & sera tardif, semblable au quinziéme
nombre solaire.

L'Automne sera moite & venteuse.

L'Hiver sera bien temperé, & ne sera de grandes froidures.

Au commencement de l'année il sera cherté
de tous grains.

Ceux qui auront de l'argent feront grand profit
d'acheter du grain, mais qu'ils le vendent; car
c'est folie de le garder, quand cherté y est.

A la fin de l'année, les grains diminueront de prix.

Les vendanges seront médiocres en tous Pays,
& les vins seront verds, heureux ceux qui en seront fournis de bons, car ils feront grand profit.

PREDICTIONS PARTICULIERES.

La naissance d'un Prince dans une grande Cour
de l'Europe y causera bien de la joye.

Grande Guerre.

Suppression d'une Secte dans un Royaume.

L'Eglise notre mere nous accordera de grandes Indulgences.

CARITIER, eft le vingt-fixiéme nombre Solaire qui aura cours.

Pour l'an					
Pour l'an	•	•	•	•	•	1546.
Pour l'an	•	•	•	•	•	1574.
Pour l'an	•	•	•	•	•	1602.
Pour l'an	•	•	•	•	•	1630.
Pour l'an	•	•	•	•	•	1658.
Pour l'an	•	•	•	•	•	1686.
Pour l'an	•	•	•	•	•	1714.
Pour l'an	•	•	•	•	•	1742.
Pour l'an	•	•	•	•	•	1770.

PREDICTIONS GENERALES.

En cette année, le Printems fera froid & mauvais aux biens de la terre.

Les bleds auront mauvaife venue dans le commencement de l'Eté, parce que la faifon fera froide.

Les bleds recueillis en bonne terre feront bons & de bonne garde.

Tous les grains gerberont bien, mais Août fera tardif, & tous les grains fe vendront bien en tous Pays en Eté.

Les vendanges feront tardives, mais il fera en tous Pays beaucoup de vin.

A la fin de cette année les grains diminueront de prix, mais le bon vin fera requis & cher.

PREDICTIONS PARTICULIERES.

Un grand Prince montera fur le Trône.

Un Miniftre d'Eglife, Général d'Armée d'un Grand Roi.

Une Tête couronnée tiendra toutes les Nations enchaînées.

Mariage d'un grand Prince de l'Europe, qui fera la joie & le bonheur d fes peuples.

Naiffance d'un grand Prince.

BEUS, est le vingt-septiéme nombre Solaire qui aura cours.

Pour l'an					1547.
Pour l'an					1575.
Pour l'an					1603.
Pour l'an					1631.
Pour l'an					1659.
Pour l'an					1687.
Pour l'an					1715.
Pour l'an					1743.
Pour l'an					1771.

PREDICTIONS GENERALES.

Le Printems, cette année, sera froid, sec & amer à tous arbres & biens terriens, qui auront petit commencement jusqu'au mois de Juin, lequel sera orageux & pluvieux, jusqu'à la mi-Août, & sera toute semblable au quinziéme nombre Solaire.

L'Automne sera moite & venteuse.

L'Hiver sera bien temperé, & ne sera de grands froids.

Les bleds seront chers jusqu'en Août.

Les vendanges seront tardives, mais il sera beaucoup de vin en tous Pays, & à bon marché.

Sur la fin de cette année, les Bleds, Vins & autres denrées reviendront à bon marché.

PREDICTIONS PARTICULIERES.

Mort d'un grand Roi.
Le Commerce prendra faveur.
La Paix sera entre tous les Princes Chrétiens.

ACTOR, eft le vingt - huitiéme nombre
Solaire qui aura cours.

Pour l'an	.	.	.	.	.	1548.
Pour l'an	.	.	.	.	.	1576.
Pour l'an	.	.	.	.	.	1604.
Pour l'an	.	.	.	,	.	1632.
Pour l'an	.	.	.	.	.	1660.
Pour l'an	.	.	.	.	.	1688.
Pour l'an	.	.	.	.	.	1716.
Pour l'an	.	.	.	.	.	1744.
Pour l'an	.	.	.	.	.	1772.

PREDICTIONS GENERALES.

En cette année, le Printems fera pluvieux &
venteux au commencement, & la fin fera très-belle
& agréable.

L'Eté fera moite & temperé.

L'Automne fera profitable & bonne à la vendange, & favorable pour les femences.

L'Hiver fera froid, avec pluyes & neiges.

Au commencement de l'année, tous grains
feront à bon marché.

Les vendanges feront bonnes & plantureufes.

Les grains feront à bon marché l'Hiver, & il
fera bon en acheter, car ils feront chers au Printems fuivant.

Les Vins délicats feront chers & bien requis.

PREDICTIONS PARTICULIERES.

Mariage d'un grand Roy, qui fera la joye &
le bonheur de fes peuples.

Grande Confpiration découverte.

FIN DU SECOND LIVRE,

DIEU SUR TOUT.

PROPHETIES

PERPETUELLES.

TROISIEME LIVRE.

Continuation des Prédictions Climatériques.

CEtte troisiéme Partie de mon Livre, comme la seconde Partie, n'étant qu'une répétition de mes Prédictions Climatériques, sembleroient inutiles, si elles n'étoient soutenues & appuyées l'une & l'autre de mes Prédictions particulieres qui en font le soutien & l'amusement ; & comme je les ai portées jusqu'en deux mille vingt-quatre, pour occuper mon Lecteur & satisfaire sa curiosité, je dirai encore une fois avec lui que le Soleil ayant fait son tour par vingt-huit nombres, qui contiennent vingt-huit années multipliées par neuf, qui font deux cens cinquante-deux ans, comme il se voit dans la premiere & seconde Partie de mon Livre, le Soleil recommence derechef son tour par *Fer*, qui est son premier nombre, & qui aura cours.

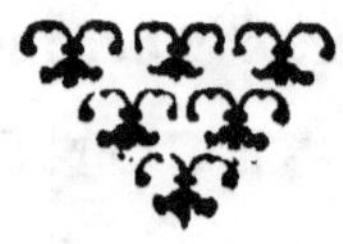

FER.

F E R, est le premier nombre Solaire
qui aura cours.

Pour l'an	.	.	.	.	1773.
Pour l'an	.	.	.	.	1801.
Pour l'an	.	.	.	.	1829.
Pour l'an	.	.	.	.	1857.
Pour l'an	.	.	.	.	1885.
Pour l'an	.	.	.	.	1913.
Pour l'an	.	.	.	.	1941.
Pour l'an	.	.	.	.	1969.
Pour l'an	.	.	.	.	1997.

PREDICTIONS GENERALES.

En cette année le Printems sera beau & profitable à tous biens terriens.

Les vignes & les bleds auront bon commencement en fleurissant.

L'Eté sera moite & mal profitable aux biens
de la terre, & sera tardif.

L'Automne sera froide & tardive.

L'Hiver sera froid & pluvieux au commencement, & sera sec & froid sur la fin.

Les bleds feront bons, & il sera bon les garder, de même que le seigle, & ils se vendront
bien.

Les vendanges feront bonnes & assez plantureuses, & les vins auront bonne vente.

PREDICTIONS PARTICULIERES.

Un Prince dont la valeur & le courage imite-
ra les Alexandre & les Césars, montera sur le
Trône, & son regne sera glorieux.

Grande Guerre entre les Princes Chrétiens.

Traité d'Alliance.

Mariage d'un grand Prince.

E

QUAR, est le second nombre Solaire qui aura cours.

Pour l'an	.	.	.	.	1774.
Pour l'an	.	.	.	.	1802.
Pour l'an	.	.	.	.	1830.
Pour l'an	.	.	.	.	1858.
Pour l'an	.	.	.	.	1886.
Pour l'an	.	.	.	.	1914.
Pour l'an	.	.	.	.	1942.
Pour l'an	.	.	.	.	1970.
Pour l'an	.	.	.	.	1998.

PREDICTIONS GENERALES.

En cette année le Printems sera bon & propre à tous biens terriens.

L'Eté sera profitable, & il y aura de grandes chaleurs.

L'Automne sera moite & venteuse.

L'Hiver sera long & sec, & il y aura de grandes gelées & beaucoup de neiges jusqu'à la fin de Janvier que le dégele viendra avec abondance d'eaux.

Il sera recueilli du grain raisonnablement, & il sera assez cher.

Les vendanges seront bonnes en peu de pays, & il fera bon garder & acheter du vin, car il se vendra bien & fera grand profit.

PREDICTIONS PARTICULIERES.

De grandes révolutions arriveront cette année dans un des grands Etats de la Chrétienté.

Nouvelle forme de Gouvernement dans une République.

Fameux combat.

Un grand Prince montera sur le Trône.

JUR, est le troisiéme nombre Solaire
qui aura cours.

Pour l'an						1775.
Pour l'an						1803.
Pour l'an						1831.
Pour l'an						1859.
Pour l'an						1887.
Pour l'an						1915.
Pour l'an						1943.
Pour l'an						1971.
Pour l'an						1999.

PREDICTIONS GENERALES.

En cette année le Printems sera venteux, froid
& mal profitable à plusieurs choses.

L'Eté sera propre à tous biens, & sera assez
chaud.

L'Automne sera humide jusqu'au milieu, &
le reste sera assez beau.

L'Hiver sera long & supportable.

Le bled sera cher & bien requis au commencement de l'année qui entre en la mi-Mars.

Les vendanges seront bonnes en peu de pays,
& il sera bon acheter des vins qui puissent se
garder long-tems, & ceux qui en acheteront
& garderont, feront bien leur profit.

Les grains enrichiront tous ceux qui pourront les garder jusqu'à l'année suivante.

PREDICTIONS PARTICULIERES.

Heureuse découverte dans un des plus beaux &
florissans Etats de la Chrétienté.

La paix entre les Princes Chrétiens.

Mariage d'un grand Roy.

CORT , eft le quatriéme nombre Solaire qui aura cours.

Pour l'an						1776.
Pour l'an						1804.
Pour l'an						1832.
Pour l'an						1860.
Pour l'an						1888.
Pour l'an						1916.
Pour l'an						1944.
Pour l'an						1972.
Pour l'an						2000.

PREDICTIONS GENERALES.

Le Printems , cette année , fera froid & peu
profitable.

L'Eté fera moite & contraire à toutes chofes
qui fignifieront que les bleds auront mauvaife
venue.

L'Automne fera froide & moite, & fera mauvaife allure.

L'Hiver il fera de belles froidures.

Mais en cette année les bleds & autres grains
feront de petite venue : qui les pourra garder ,
fera grand profit.

Il fera bon acheter du vin en Eté, car il augmentera de prix par la mauvaife venue qu'il aura
en vendange , & il fera bien cher & bien requis :
la mifere du tems & de la faifon fera caufe que
l'on en fera peu , quoique les vignes ayent eu
belle apparence au commencement.

PREDICTIONS PARTICULIERES.

Un grand Prince montera fur le Trône.

Grande Guerre entre les Princes de la Chrétienté.

Grande trahifon découverte.

A MAT, eſt le cinquiéme nombre
Solaire qui aura cours.

Pour l'an	1777.
Pour l'an	1805.
Pour l'an	1833.
Pour l'an	1861.
Pour l'an	1889.
Pour l'an	1917.
Pour l'an	1945.
Pour l'an	1973.
Pour l'an	2001.

PREDICTIONS GENERALES.

Le Printems, cette année, ſera pluvieux &
venteux.

Je ne parlerai point de l'Eté.

L'Automne ſera ſec & bon juſqu'à la fin.

L'Hiver ſera doux & moite.

Il ſera bien du froment, peu de ſeigle; les
bleds ſeront fort chers juſqu'à la récolte, & ſera
grande pitié.

Les bons vins ſeront grandement chers & requis, mais ils diminueront de prix en vendange,
de même que toutes les autres denrées, ce qui
ſignifiera un bon tems: il ſera mauvais acheter
du vin pour le garder, car on ne le vendra pas
à cauſe que les gens de metier ſeront pauvres,
& l'argent rare en bien des Etats de la Chrétienneté.

PREDICTIONS PARTICULIERES.

Grande Guerre entre les Princes Chrétiens.
Heureux combat.
Naiſſance d'un Prince cher à ſa Patrie.
Traité d'Alliance.

GENUS, est le sixiéme nombre Solaire qui aura cours.

Pour l'an	.	.	.	.	:	1778.
Pour l'an	.	.	.	.	.	1806.
Pour l'an	.	.	.	.	.	1834.
Pour l'an	.	.	.	.	.	1862.
Pour l'an	.	.	.	.	.	1890.
Pour l'an	.	.	.	.	.	1918.
Pour l'an	.	.	.	.	.	1946.
Pour l'an	.	.	.	.	.	1974.
Pour l'an	.	.	.	.	.	2002.

PREDICTIONS GENERALES.

En cette année, le Printems sera doux & agréable, & les bleds auront bonne venue.

L'Eté sera sec & chaud.

L'Autômne sera bien temperé & profitable aux biens de la terre qu'on ensemencera, & qui auront bon commencement.

L'Hiver sera assez variable.

Il sera beaucoup de bled en tout pays, & sera à bon marché.

Après l'Août les vendanges seront bonnes & plantureuses en beaucoup de pays ; ce qui sera que le vin sera à bas prix.

En Hiver, il sera bon acheter avoine & froment, & les mettre au grenier.

PREDICTIONS PARTICULIERES.

Les Généraux d'Armée s'observeront.

Grand Traité d'Alliance entre deux Couronnes.

La Paix sera entre tous les Princes de la Chrétienneté.

Un grand Roi distribuera de grands prix pour les Sciences & les beaux Arts.

FENOR, est le septiéme nombre Solaire qui aura cours.

Pour l'an	1779.
Pour l'an	1807.
Pour l'an	1835.
Pour l'an	1863.
Pour l'an	1891.
Pour l'an	1919.
Pour l'an	1947.
Pour l'an	1975.
Pour l'an	2003.

PREDICTIONS GENERALES

La présente année sera semblable au premier nombre Solaire, encore plus mauvaise.

Au Printems, il sera bon acheter avoine ; car la plus grande cherté y sera.

Les bleds & les seigles seront grandement chers, & ceux qui en pourront garder jusqu'en hiver, feront grand profit.

Car l'Eté sera si moite, qu'on ne pourra recueillir ni seigles ni bleds.

Ceux qui acheteront de bon vin, qui le pourront garder, feront grand profit, dit l'Auteur, que le denier sera quatre mailles : Car l'Automne sera si fâcheuse, que les vignes & raisins ne pourront mûrir.

A la fin de Janvier les neiges se fonderont, & feront de grandes eaux qui porteront beaucoup de dommages en plusieurs pays.

PREDICTIONS PARTICULIERES.

La Paix entre les Princes Chrétiens.
Grand Commerce sur Mer & sur Terre.
Un grand Prince montera sur le Trône.

GEMINI, est le huitiéme nombre Solaire qui aura cours.

Pour l'an					1780.
Pour l'an					1808.
Pour l'an					1836.
Pour l'an					1864.
Pour l'an					1892.
Pour l'an					1920.
Pour l'an					1948.
Pour l'an					1976.
Pour l'an					2004.

PREDICTIONS GENÉRALES.

En cette année le Printems sera bon, bien temperé, & profitable à tous biens terriens.

L'Eté sera beau, ni trop chaud, ni trop froid.

L'Automne sera moite & venteuse.

L'Hiver ne sera pas bien froid.

Ceux qui auront du grain, qu'ils le vendent; car les grains auront bonne venue cette année, & sera à bon marché.

Ceux qui auront du vin, qu'ils le vendent également au commencement dū Printems; car les vendanges foisonneront bien.

Cette année les peuples se réjouiront bien, la récolte étant abondante, le Commerce soutenu, & l'argent fort commun en beaucoup de pays.

PREDICTIONS PARTICULIERES.

Un grand Prince montera sur le Trône.

Nouvelle forme de Gouvernement dans un Royaume.

Grande guerre entre les Princes Chrétiens.

CONTINUO

CONTINUO, eſt le neuviéme nombre
Solaire qui aura cours.

Pour l'an						1781.
Pour l'an						1809.
Pour l'an						1837.
Pour l'an						1865.
Pour l'an						1893.
Pour l'an						1921.
Pour l'an						1949.
Pour l'an						1977.
Pour l'an						2005.

PREDICTIONS GENERALES.

En cette année, le Printems ſera froid & nuiſible aux biens de la terre.

L'Eté ſera venteux & extraordinairement pluvieux.

L'Automne ſera moite & peu ſtable pour les
vents.

La ſaiſon de l'Hiver ſera moite & froide, &
nuiſible à la ſanté.

Au commencement du Printems le bled ſera
cher, & ſe vendra bien juſqu'aux moiſſons qu'il
diminuera; car les bleds ſeront beaux & bons
& gerberont bien, mais difficiles à reſſerrer à
cauſe des pluies continuelles.

Les vendanges cette année ſeront abondantes
& foiſonneront bien, mais le vin aura peu de
qualité.

PREDICTIONS PARTICULIERES.

Grande Guerre entre les Princes de la Chrétienneté.

Naiſſance d'un grand Prince.

Bataille gagnée.

Changement de Miniſtre dans une grande Cour;
Emotion populaire dans une grande Ville.

G

BISE, est le dixiéme nombre Solaire
qui aura cours.

Pour l'an					1782.
Pour l'an					1810.
Pour l'an					1838.
Pour l'an					1866.
Pour l'an					1894.
Pour l'an					1922.
Pour l'an					1950.
Pour l'an					1950.
Pour l'an					1978.

PREDICTIONS GENERALES.

Le Printems cette année sera pluvieux jusques
à la mi-Avril, qui après sera venteux.

L'Eté sera chaud, avec tonnerre, éclairs &
pluies.

Cette année sera pestilentielle, à cause des
grandes chaleurs d'Eté.

Les bleds seront bons & de bonne venuë, &
seront à prix raisonnable pour le Maître & le
Fermier.

L'Automne sera moite.

La vendange sera bonne, mais elle ne sera pas
plantureuse.

Les bons vins seront chers & bien requis.

L'Hiver sera froid & de longue durée, qui
causera beaucoup de mortalité, & fera souffrir
es pauvres.

PREDICTIONS PARTICULIERES.

Fameux combat, où les Généraux, de part &
d'autre, se distingueront par leur mérite & leur
valeur.

Naissance d'un grand Prince.

La paix entre les Princes Chrétiens.

Une grande Princesse montera sur le Trône.

ARIES, est le onziéme nombre Solaire
qui aura cours

Pour l'an					1783.
Pour l'an	.	.	.	.	1811.
Pour l'an	.	.	.	.	1839.
Pour l'an	.	.	.	.	1867.
Pour l'an	.	.	.	.	1895.
Pour l'an	.	.	.	.	1923.
Pour l'an	.	.	.	.	1951.
Pour l'an	.	.	.	.	1979.
Pour l'an	.	.	.	.	2007.

PREDICTIONS GENERALES.

Le Printems, cette année, sera froid & de longue durée jusqu'en Mai.

L'Eté sera sec & chaud, avec tonnerre &
éclairs.

L'Automne sera chaud & fort beau.

L'Hiver sera froid, & sera de grandes neiges.

Il sera abondance de bled en tout pays, &
beaucoup de fruits.

Les vendanges seront bonnes en tous pays.

En cette année le siécle sera bien en paix en
toute la Chrétienneté, & il y aura bon marché
de bled & de vin qui réjouira tout le peuple.

PREDICTIONS PARTICULIERES.

Naissance d'un grand Prince.

La paix générale dans toute la Chrétienneté.
Mariage d'un grand Prince.

Grande invention d'Arts dans un grand
Royaume.

L'Eglise notre bonne Mere nous accordera de
grandes Indulgences.

GENOR, est le douziéme nombre
Solaire qui aura cours.

Pour l'an						1784
Pour l'an						1812
Pour l'an						1840
Pour l'an						1868
Pour l'an						1896
Pour l'an						1924
Pour l'an						1952.
Pour l'an						1980.
Pour l'an						2008

PREDICTIONS GENERALES.

En cette année, qui est semblable & égale
à l'année quand *Genus* fit son tour, qui est le
sixiéme nombre Solaire.

Le Printems sera doux & beau.

L'Esté sera sec & chaud.

L'Automne sera bien temperée & profitable
aux biens que l'on ensemencera, & ils auront
bonne venue.

Il sera beaucoup de bled en tous pays, &
il sera à bon marché.

Après l'Août les vendanges seront bonnes &
plantureuses en beaucoup de pays, ce qui sera
que le vin sera à bon marché, dont tout le peuple
Chrétien doit louer Dieu.

PREDICTIONS PARTICULIERES.

Un grand Prince montera sur le Thrône.

La beauté du Commerce & des Arts sera briller tous les Etats de la Chrétienneté.

Naissance d'un grand Prince.

EST EST, fait le treiziéme nombre Solaire qui aura cours.

Pour l'an					1785.
Pour l'an					1813.
Pour l'an					1841.
Pour l'an					1869.
Pour l'an					1897.
Pour l'an					1925.
Pour l'an					1953.
Pour l'an					1981.
Pour l'an					2009.

PREDICTIONS GENERALES.

Le Printems, cette année, fera moite & chaud.

L'Efté fera humide au commencement, le milieu & la fin feront très-chauds.

L'Automne fera affez beau.

L'Hiver fera facheux aux Vieillards.

Tous les biens terriens de cette année dont les peuples de ce fiécle font foutenus, feront à bon marché au commencement en tous pays ; mais après l'hiver ils feront chers.

Tous ceux qui fe fourniront de feigle, de bled & de bon vin au commencement de cette année feront grand profit ; mais c'eft folie de le garder quand cherté y eft.

Toutes chofes terriennes font muables, dit le Philofophe, & Dieu le fçait.

PREDICTIONS PARTICULIERES.

Grande Guerre entre les Princes Chrétiens.

La Nobleffe dans un grand Royaume donnera des marques à fon Souverain de fon courage & de fa valeur pour le foutien de l'Etat.

D'EST, est le quatorziéme nombre
Solaire qui aura cours.

Pour l'an					1786.
Pour l'an					1814.
Pour l'an					1842.
Pour l'an					1870.
Pour l'an					1898.
Pour l'an					1926.
Pour l'an					1954.
Pour l'an					1982.
Pour l'an					2010.

PREDICTIONS GENERALES.

Le Printems, cette année, sera hatif à tous
biens à venir.

L'Eté sera chaud & donnera de grandes pluyes.

L'Automne sera humide & moite aux semences, qui seront difficiles à faire.

L'Hiver sera grand & froid, & il y aura de
grandes gelées jusqu'à la fin.

Au commencement de cette année qui sera
la mi-mars, seront toutes semences constantes
au Printems, & bien requises.

Ceux qui auront Avoines & autres menus
Grains, s'ils les vendent au mois de Mars,
seront leur profit.

Les Bleds multiplieront en Eté, il y aura
perte à les garder.

Ceux qui auront du vin l'Eté qu'ils le vendent, car il se vendra mieux en cette saison
qu'après la recolte des Vendanges.

PREDICTIONS PARTICULIERES.

Déclaration de Guerre entre les Princes Chrétiens.

Un grand Prince montera sur le Thrône.

Une grande bataille gagnée.

Grande Guerre entre les Princes Chrétiens.

CORDE', eſt le quinziéme nombre Solaire qui aura cours.

Pour l'an	.	.	.	1787.
Pour l'an	.	.	.	1815.
Pour l'an	.	.	.	1843.
Pour l'an	.	.	.	1871.
Pour l'an	.	.	.	1899.
Pour l'an	.	.	.	1927.
Pour l'an	.	.	.	1955.
Pour l'an	.	.	.	1983.
Pour l'an	.	.	.	2011.

PREDICTIONS GENERALES.

Cette année le Printems ſera ſec, froid & amer à tous Arbres & biens terriens, qui auront petit commencement juſqu'au mois de Juin, lequel ſera orageux & pluvieux juſqu'à la mi-Août, ce qui retardera la récolte.

L'Automne ſera moite & venteuſe, & peu favorable pour les ſemences.

L'Hiver ſera bien temperé, & il n'y aura de grandes froidures.

Les bleds ſeront chers juſqu'en Août.

Les vendanges ſeront tardives, mais il ſera en tous Pays beaucoup de Vin.

A la fin de cette année les grains diminueront de prix.

PREDICTIONS PARTICULIERES.

Combat Naval.

Changement de Miniſtre dans une grande Cour.

Naiſſance d'un grand Prince.

Grande Bataille gagnée.

BOUR, est le seiziéme nombre Solaire
qui aura cours.

Pour l'an						1788.
Pour l'an						1816.
Pour l'an						1844.
Pour l'an						1872.
Pour l'an						1900.
Pour l'an						1928.
Pour l'an						1956.
Pour l'an						1984.
Pour l'an						2012.

PREDICTIONS GENERALES.

En cette année, le Printems sera pluvieux,
jusques à la mi Avril, qui après sera venteux.

L'Eté sera chaud, avec tonnerre, éclairs &
pluyes.

Cette année sera pestilentielle, à cause des
grandes chaleurs de l'Eté.

Les bleds seront bons & de bonne venue.

La vendange sera bonne, mais elle ne sera
pas plantureuse.

L'Hiver sera froid & de longue durée.

Ensorte que cette année se trouve semblable
en toute maniere à celle de *Bise*, qui est sous le
dixiéme nombre solaire, & fait ainsi son tour ; qui
ne le sçait qu'il l'apprenne, Dieu le veut ; & je
promets là-dessus être nommé Philosophe certain.

PREDICTIONS PARTICULIERES.

La paix entre les Princes Chrétiens.

Changement de Ministre dans la Cour d'un
grand Prince.

Grande Guerre entre les Princes Chrétiens.

La Paix générale entre les Princes Chrétiens.

GENER, eſt le dix - ſeptiéme nombre
Solaire qui aura cours.

Pour l'an . . . . 1789.
Pour l'an . . . . 1817.
Pour l'an . . . . 1845.
Pour l'an . . . . 1873.
Pour l'an . . . . 1901.
Pour l'an . . . . 1929.
Pour l'an . . . . 1957.
Pour l'an . . . . 1985.
Pour l'an . . . . 2013.

PREDICTIONS GENERALES.

Le commencement du Printems , cette année,
ſera pluvieux & ſa fin venteuſe.

L'Eté ſera moite, avec tonnerre, éclairs, &
ſera fort chaud.

L'Automne ſera beau & agréable.

L'Hiver ſera froid & peu ſupportable pour les
pauvres qui ſouffriront beaucoup.

Les bleds ſeront bons & de bonne qualité.

La vendange ſera bonne, mais elle ne ſera pas
abondante.

Ceux qui ſeront fournis de bleds & autres
grains & de vins, feront grand profit de les
vendre dans les tems ordinaires de la vente.

PREDICTIONS PARTICULIERES.

Un jeune Prince montera ſur le Thrône.

Inſtitution d'un nouvel Ordre de Chevalerie
dans un grand Royaume.

Heureux combat.

FENUS, eſt le dix-huitiéme nombre
Solaire qui aura cours.

Pour l'an							
Pour l'an	.	:	.	.	.		1790.
Pour l'an	..	.	.	..		..	1818.
Pour l'an	..	..		..		..	1846.
Pour l'an	.	.	..	.		.	1874.
Pour l'an	.	.	..	.		.	1902.
Pour l'an	..	.	..	.		.	1930.
Pour l'an	.	.	..	.		.	1958.
Pour l'an	.	.	.	.		.	1986.
Pour l'an	..	.	.	.		.	2014.

PREDICTIONS GENERALES.

Cette année le Printems ſera peu agréable,
car il ſera venteux & pluvieux.

L'Eté ſera chaud, il y aura des tonnerres,
de grands éclairs, avec pluies.

L'Automne ſera moite & incommode.

L'Hiver ſera froid & de longue durée.

Cette année les bleds & les vins ſeront de bonne qualité, mais il ne faudra pas les garder,
ils ſe vendront bien.

PREDICTIONS PARTICULIERES.

Mort d'un S. Roy,

La paix entre les Princes Chrétiens.

Un Miniſtre ſera briller ſon zele pour le ſou-
tien d'un Etat.

Grand Traité d'Alliance.

Naiſſance d'un grand Prince.

Mariage d'un grand Roy.

GROSSUS, est le dix-neuviéme nombre
· Solaire qui aura cours.

Pour l'an	. . . . .	1791.
Pour l'an	. . . .	1819.
Pour l'an	. . . .	1847.
Pour l'an	. . . .	1875.
Pour l'an	. . . .	1903.
Pour l'an	. . . .	1931.
Pour l'an	. . . .	1959.
Pour l'an	. . . .	1987.
Pour l'an	. . . .	2015.

PREDICTIONS GENERALES.

En cette année, le Printems sera bon &
agréable.

L'Eté sera profitable à tous biens.

L'Automne sera moite & venteuse.

L'Hiver sera long & sec, & il y aura de grandes
gelées & de grandes neiges jusqu'à la fin de
Janvier que le dégele viendra avec abondance
d'eaux.

Il sera du grain raisonnablement, & il sera assez
cher.

Les vendanges seront bonnes en peu de pays,
il fera bon garder & acheter du vin; car il se
vendra bien & fera grand profit, ensorte que
cette année est semblable à celle du second nombre solaire, & sera jusqu'à la fin du monde.

PREDICTIONS PARTICULIERES.

Grande guerre entre les Princes Chrétiens.

Nouvelle forme de Gouvernement pour les
Loix d'un grand Royaume.

Le Commerce brillera sur mer & sur terre.

Un grand Prince montera sur le Trône.

Grande trahison découverte.

DICAT, eſt le vingtiéme nombre
Solaire qui aura cours.

Pour l'an						1792.
Pour l'an	.	.	.	.	.	1820.
Pour l'an	.	.	.	.	.	1848.
Pour l'an	.	.	.	.	.	1876.
Pour l'an	.	.	.	.	.	1904.
Pour l'an	.	.	.	.	.	1932.
Pour l'an	.	.	.	.	.	1960.
Pour l'an	.	.	.	.	.	1988.
Pour l'an	.	.	.	.	.	2016.

PREDICTIONS GENERALES.

Le Printems ſera froid, venteux & mal profitable à pluſieurs choſes, ſemblable au troiſiéme nombre Solaire.

L'Eté ſera chaud & propre à tous biens terriens.

L'Automne ſera humide juſqu'au milieu, & le reſte paſſablement beau.

L'Hiver ſera long, & il ſera de grandes gelées.

Le bled ſera cher & bien requis au commencement de l'année, qui entre en la mi-Mars.

Les vendanges ſeront bonnes en peu de pays, & il ſera bon acheter du vin qui puiſſe ſe garder long-tems, & ceux qui en acheteront & garderont feront un profit immenſe.

Les grains feront un grand profit à ceux qui en acheteront & qui pourront les garder juſqu'à l'année ſuivante, car ils viendront en cherté après l'Hiver, pour la peine que les grains auront ſouffert en terre cette année.

PREDICTIONS PARTICULIERES.

Naiſſance d'un grand Prince.

Un grand Prince montera ſur le Trône.

Traité de Paix.

Mariage d'un grand Roy.

VAU, est le vingt uniéme nombre
Solaire qui aura cours,

Pour l'an	1793.
Pour l'an	1821.
Pour l'an	1849.
Pour l'an	1877.
Pour l'an	1905.
Pour l'an	1933.
Pour l'an	1961.
Pour l'an	1989.
Pour l'an	2017.

PREDICTIONS GENERALES.

En cette année, le Printems sera froid & nuisible aux biens de la terre.

L'Eté sera venteux & extrêmement pluvieux.

L'Automne sera moite & peu stable pour les vents.

La saison de l'Hiver sera extraordinairement difficile à passer, & il y aura de grandes gelées.

Tous grains seront chers au commencement de l'an, qui est la mi-Mars, en tous pays, dont tout le peuple sera bien étonné, & il y aura grande pitié.

Les seigles seront les plus apparens des grains dans certains pays, & en Juillet & Août les grains abaisseront, à la reserve de l'Avoine qui sera toujours chere.

Les vendanges, je n'en parle pas.

PREDICTIONS PARTICULIERES.

Grande Conspiration découverte dans un grand Etat.

Naissance d'un grand Prince.

Le Clergé distribuera de grands biens aux Pauvres.

Changement de Ministre dans une grande Cour.

AQUA, est le vingt-deuxiéme nombre
Solaire qui aura cours.

Pour l'an	.	.	.	.	.	1794.
Pour l'an	.	.	.	.	.	1822.
Pour l'an	.	.	.	.	.	1850.
Pour l'an	.	.	.	.	.	1878.
Pour l'an	.	.	.	.	.	1906.
Pour l'an	.	.	.	.	.	1934.
Pour l'an	.	.	.	.	.	1962.
Pour l'an	.	.	.	.	.	1990.
Pour l'an	.	.	.	.	.	2018.

PREDICTIONS GENERALES.

Le Printems, cette année, sera froid & humide
à tous biens terriens.

Les caves abaisseront & signifieront abaissement de bled, & à grand marché.

Les bleds de tous côtés & de tous pays viendront à bon marché & à basse vente.

L'Eté sera beau, mais il sera venteux.

L'Automne demeurera en sa grande beauté.

L'Hiver sera froid, & il y aura de grandes
gelées & neiges.

Août sera hatif, & sera assez de bon bled &
autres grains.

Les vendanges seront hatives, & le vin sera en
tout pays abondant, & il en sera assez de bonne
qualité.

PREDICTIONS PARTICULIERES.

Un grand Roi placera son fils sur le Thrône.
Traité de paix.
Traité d'Alliance.
Grand Tremblement de terre;

GONER, est le vingt-troisiéme nombre
Solaire qui aura cours.

Pour l'an	1795.
Pour l'an	1823.
Pour l'an	1851.
Pour l'an	1879.
Pour l'an	1907.
Pour l'an	1935.
Pour l'an	1963.
Pour l'an	1991.
Pour l'an	2019.

PREDICTIONS GENERALES.

Le Printems, cette année, sera beau & agréable.
L'Eté sera chaud & humide.
L'Automne se fera voir dans toute sa beauté.
L'Hiver sera sec & froid jusqu'au milieu, & sa
fin sera pluvieuse & froide.
Cette année, le Peuple doit avoir grande
joye, car elle sera si abondante en toutes choses,
que quand Notre - Seigneur annonça au peuple
d'Israël que la Manne seroit si grande sur terre,
& plantée de tous biens terriens, que tout le
Peuple en fut rassasié. Rendons graces à Dieu;
Louons le Seigneur.

PREDICTIONS PARTICULIERES.

Grande Guerre entre plusieurs Princes Chré-
tiens.
Grands impôts levés dans un Royaume.
Grande guerre entre les Princes Chrétiens.
Naissance d'un grand Prince.

FENEL, eſt le vingt-quatriéme nombre
Solaire qui aura cours.

Pour l'an	.	.	.	.	.	1796.
Pour l'an	.	.	.	.	.	1824.
Pour l'an	.	.	.	.	.	1852.
Pour l'an	.	.	.	.	.	1880.
Pour l'an	.	.	.	.	.	1908.
Pour l'an	.	.	.	.	.	1936.
Pour l'an	.	.	.	.	.	1964.
Pour l'an	.	.	.	.	.	1992.
Pour l'an	.	.	.	.	.	2020.

PREDICTIONS GENERALES.

En cette année, le Printems ſera beau & profitable à tous biens terriens.

Les vignes & les bleds auront un bon commencement en fleuriſſant.

L'Eté ſera moite & mal profitable aux biens.

L'Automne ſera tardive & froide.

L'Hiver ſera mauvais par ſa longue durée,
pour le froid.

Au Printems il ſera bon acheter Avoine, car
la plus grande cherté y ſera.

Les bleds & ſeigles ſeront grandement chers,
& ceux qui en pourront garder juſqu'en hiver feront grand profit ; Car l'Eté ſera ſi moite, qu'on
ne pourra recueillir ni ſeigles ni bleds.

Ceux qui acheteront de bon vin, qui le pourront
garder, feront grand profit, dit l'Auteur, que le denier ſera quatre mailles ; Car l'Automne ſera ſi fâcheuſe, que les vignes & raiſins ne pourront mûrir.

A la fin de Janvier les neiges ſe fonderont, &
feront de grandes eaux, qui porteront beaucoup
de dommages en pluſieurs endroits & Pays, enſorte que cette année ſe trouve ſemblable & comparable à celle du ſeptiéme nombre ſolaire.

PREDICTIONS PARTICULIERES,

Admirable Invention dans un grand Royaume.
Heureux combat.

DUR, eſt le vingt-cinquiéme nombre Solaire qui aura cours.

Pour l'an	. . . . .	1797.
Pour l'an	. . . . .	1825.
Pour l'an	. . . . .	1853.
Pour l'an	. . . . .	1881.
Pour l'an	. . . . .	1909.
Pour l'an	. . . . .	1937.
Pour l'an	. . . . .	1965.
Pour l'an	. . . . .	1993.
Pour l'an	. . . . .	2021.

PREDICTIONS GENERALES.

Le Printems, cette année, ſera ſec, froid & amer à tous arbres & biens terriens, qui auront petit commencement juſqu'au mois de Juin, lequel ſera orageux & pluvieux juſqu'à la mi-Août, & ſera tardif, ſemblable au quinziéme nombre ſolaire.

L'Automne ſera moite & venteuſe.

L'Hiver ſera bien temperé, & ne ſera de grandes froidures.

Au commencement de l'année il ſera cherté de tous grains.

Ceux qui auront de l'argent feront grand profit d'acheter du grain, mais qu'ils le vendent; car c'eſt folie de le garder, quand cherté y eſt.

A la fin de l'année, les grains diminueront de prix.

Les vendanges ſeront médiocres en tous Pays, & les vins ſeront verds, heureux ceux qui en ſeront fournis de bons, car ils feront grand profit.

PRECICTIONS PARTICULIERES.

Mariage d'un grand Roi.

Traité de Paix entre les Princes Chrétiens,

Bataille gagnée.

CARITIER, eſt le vingt-ſixiéme nombre
Solaire qui aura cours.

Pour l'an	.	.	.	.	.	1798.
Pour l'an	.	.	.	.	.	1826.
Pour l'an	.	.	.	.	.	1854.
Pour l'an	.	.	.	.	.	1882.
Pour l'an	.	.	.	.	.	1910.
Pour l'an	.	.	.	.	.	1938.
Pour l'an	.	.	.	.	.	1966.
Pour l'an	.	.	.	.	.	1994.
Pour l'an	.	.	.	.	.	2022.

PREDICTIONS GENERALES.

En cette année, le Printems ſera froid & mauvais aux biens de la terre.

Les bleds auront mauvaiſe venue dans le commencement de l'Eté, parce que la ſaiſon ſera
froide.

Les bleds recueillis en bonne terre ſeront bons
& de garde.

Tous les grains gerberont bien , mais Août
ſera tardif, & tous les grains ſe vendront bien en
tous Pays en Eté.

Les vendanges ſeront tardives, mais il ſera en
tous Pays beaucoup de vin.

A la fin de cette année les grains diminueront
de prix , mais le bon vin ſera requis & cher.

PREDICTIONS PARTICULIERES.

Naiſſance d'un grand Prince.
Le Commerce & les beaux Arts ſeront portés
juſqu'à leur plus haute valeur & perfection.
Traité de Paix entre les Princes Chrétiens,
Grande conſpiration découverte.

BEUS, est le vingt-septiéme nombre Solaire qui aura cours.

Pour l'an	.	.	.	.	.	1799.
Pour l'an	.	.	.	.	.	1827.
Pour l'an	.	.	.	.	.	1855.
Pour l'an	.	.	.	.	.	1883.
Pour l'an	.	.	.	.	.	1911.
Pour l'an	.	.	.	.	.	1939.
Pour l'an	.	.	.	.	.	1967.
Pour l'an	.	.	.	.	.	1995.
Pour l'an	.	.	.	.	.	2023.

PREDICTIONS GENERALES.

Le Printems, cette année, sera froid, sec & amer à tous arbres & biens terriens, qui auront petit commencement jusqu'au mois de Juin, lequel sera orageux & pluvieux, jusqu'à la mi-Août, & sera toute semblable au quinziéme nombre Solaire.

L'Automne sera moite & venteuse.

L'Hiver sera bien temperé, & ne sera de grands froids.

Les bleds seront chers jusqu'en Août.

Les vendanges seront tardives, mais il sera beaucoup de vin en tous Pays, & à bon marché.

A la fin de cette année, les Grains diminueront de prix.

PREDICTIONS PARTICULIERES.

Un jeune Prince débonnaire montera sur le Thrône.

Alliance renouvellée & confirmée.

Grande Guerre.

Mariage d'un grand Roi.

Naissance d'un grand Prince.

ACTOR, est le vingt-huitiéme nombre Solaire qui aura cours.

	1800.
Pour l'an	1800.
Pour l'an	1828.
Pour l'an	1856.
Pour l'an	1884.
Pour l'an	1912.
Pour l'an	1940.
Pour l'an	1968.
Pour l'an	1996.
Pour l'an	2024.

PREDICTIONS GENERALES.

En cette année, le Printems sera pluvieux & venteux au commencement, & la fin sera très-belle & agréable.

L'Eté sera moite & temperé.

L'Automne sera profitable & bonne à la vendange, & favorable pour les semences.

L'Hiver sera froid jusques à la fin, avec pluyes & neiges.

Au commencement de l'année qui est la mi-Mars, tous grains seront à bon marché.

Les vendanges seront bonnes & plantureuses.

Les grains seront à bon marché l'Hiver, & il sera bon en acheter, car ils seront chers au Printems suivant.

PREDICTIONS PARTICULIERES.

Grande Guerre entre les Princes Chrétiens.
Trahison découverte.
Combat naval.
Un grand Prince montera sur le Trône.

Fin du troisiéme Livre des Prédictions.

DIEU SUR TOUT.

TERMINAISON
DU LIVRE
DES PROPHETIES PERPETUELLES

Tout ce qui eſt bon vient de Dieu, dit le Philoſophe.

J'AY dit au premier Livre de mes Prédictions, que le Soleil fait ſon tour par vingt-huit nombres, qui contiennent vingt-huit années. Quand ce petit Livre de Prophéties ſera fini, mon Lecteur recommencera de nouveau par le premier nombre Solaire, & finira par le vingt-huitiéme nombre, comme il eſt écrit, & il trouvera que mes Prédictions générales & climateriques, pour ce qui regarde l'abondance ou la diſette des Bleds & des Vins, dureront juſqu'à la fin du monde; & quant à mes Prédictions particulieres, juſqu'en l'an deux mille vingt-quatre, que je les ai portées ſeulement, & je promets là-deſſus être nommé Aſtronome & Philoſophe certain.

Qui ne le ſçait, qu'il l'apprenne.

OBSERVATIONS SUR LES NOMBRES SOLAIRES.

Il me reſte une remarque curieuſe à faire à mon Lecteur, qui n'a point encore été faite juſqu'à ce jour, & qu'il ne ſera peut-être pas fâché de ſçavoir ſur la naiſſance & la mort du Sauveur du monde; c'eſt un fait dont mon Lecteur peut ſe rendre lui-même certain. En ſuivant le plan de mon Livre, & retrogradant le tour du Soleil, juſques au tems du vieil Herode, Roi de Judée, il connoîtra que JESUS-CHRIST s'eſt fait homme ſous le ſeptiéme nombre Solaire, l'an 27. du Régne d'Auguſte, & l'an 36. du Régne du vieil Herode, Roi de Judée, & qu'il eſt mort pour nous racheter ſous le douziéme nombre Solaire, qui étoit la trente-quatriéme année de ſa vie.

R E F L E X I O N S.

Quoique tous les nombres Solaires paroiſſent inégaux par rapport aux influences de l'air & de la terre, qui donne plus ou moins de biens à ſes habitans chaque année, néanmoins leur degré de chaleur, leur mouvement, & leur cours, ſont toujours égaux & toujours juſtes, & en peut dire qu'ils ne compoſent avec le Soleil qu'un ſeul corps lumineux, & ne font qu'un ſeul tout : Et l'experience que nos anciens & modernes ont faite fur ces vingt-huit nombres Solaires qui a pafté à Nous par tradition, nous apprend que les fept & douziéme nombres Solaires font très-heureux pour les grandes entreprifes, & que tout homme dont les vûës font droites, légitimes, & conformes aux loix divines & humaines, eft prefque toûjours afluré du fuccès de fa négociation. BENI SOIT A JAMAIS LE SAINT NOM DE JESUS.

SIGNIFICATION DES TONNERES.

EN JANVIER
Chaleur, abondance de Fruits, & grands vents.

EN FEVRIER.
Grande mortalité.

EN MARS.
Grands vents, peu de Fruits, querelles & noifes.

EN AVRIL.
Grande joye, & plante de Fruits.

EN MAY
Famine & peu de Fruits.

EN JUIN.
Abondance de Bleds & autres Grains.

EN JUILLET.
Perte des Cochons, Agneaux gras.

EN AOUST
Joye, profpérité, & beaucoup de maladies.

EN SEPTEMBRE.
Grande Plante de Bleds, Fruits & Richefles.

EN OCTOBRE.
Grands vents, pluyes & bonnes Vendanges.

EN NOVEMBRE.
Longue Paix, amitié & douceur.

EN DECEMBRE.
Plante de Fruits, & grande Guerre.

LA GLOIRE DE DIEU, SUR TOUT.

Fin du préfent Livre des Prophéties Perpétuelles.

Fait à Saint Denis en France, l'an de Notre-Seigneur, 1268. & du Régne de Louis IX. notre très-pacifique Roy, le quarante-deuxiéme, par moi THOMAS-JOSEPH MOULT, Aftronome & Philofophe, natif de Naples.

FIN.

Le Lecteur eft prié d'obferver qu'en 1268. tems auquel l'Auteur a compofé cet Ouvrage, l'année commençoit par le mois de Mars, fuivant le Calendrier de Jules Cefar; par conféquent Janvier & Février en faifoient la clôture; & que ce n'eft que depuis la correction du Pape Gregoire XIII. en 1582. que l'année a commencé par le mois de Janvier.

* *

APPROBATION.

J'AI lu par ordre de Monseigneur le Chancelier, un Manuscrit intitulé : *Prophéties perpétuelles de Thomas-Joseph Moult*, Astronome & Philosophe. Fait à Paris, ce 30 Novembre 1739. Signé, SIMON.

PRIVILEGE.

LOUIS par la grace de Dieu, Roi de France & de Navarre, à nos amés & feaux Conseillers les Gens tenans nos Cours de Parlement, Maistres des Requêtes ordinaires de notre Hôtel, grand Conseil, Prevôt de Paris, Baillifs, Senechaux, leurs Lieutenans civils & autres nos Justiciers qu'il appartiendra, SALUT. Notre bien amé le sieur JEAN-FRANÇOIS BELLAMY, Nous ayant fait remontrer qu'il souhaiteroit faire imprimer & donner au Public un Manuscrit de sa composition, & qui a pour titre *Prophéties Perpétuelles par Thomas-Joseph Moult*, Napolitain ; s'il Nous plaisoit lui accorder nos Lettres de privilege sur ce nécessaires : offrant pour cet effet de le faire imprimer en bon papier & beaux caracteres, suivant la feuille imprimée & attachées pour modele sous le contrescel des Présentes. A CES CAUSES, voulant traiter favorablement ledit sieur Exposant, Nous lui avons permis & permettons par ces Présentes, de faire imprimer ledit Ouvrage ci-dessus spécifié, en un ou plusieurs volumes, conjointement ou séparément, & autant de fois que bon lui semblera, & de le faire vendre & débiter par tout notre Royaume, pendant le tems de six années consécutives, à compter du jour de la datte desdites présentes. Faisons défenses à toutes sortes de personnes de quelque qualité & condition qu'elles soient, d'en introduire d'impression étrangere dans aucun lieu de notre obéissance ; comme aussi à tous Libraires-Imprimeurs, & autres, d'imprimer, faire imprimer, vendre, faire vendre, débiter ni contrefaire ledit Ouvrage ci-dessus exposé, en tout ni en partie, ni d'en faire aucun extrait sous quelque prétexte que ce soit, d'augmentation, correction, changement de titre ou autrement, sans la permission expresse & par écrit dudit sieur Exposant ou de ceux qui auront droit de lui, à peine de confiscation des Exemplaires contrefaits, de quinze cens livres d'amende contre chacun des contrevenans, dont

un tiers à Nous, un tiers à l'Hotel Dieu de Paris, l'autre
tiers audit sieur Exposant, & de tous depens, dommages
& interêts ; à la charge que ces Presentes seront enregis-
trées tout au long sur le Registre de la Communauté des
Imprimeurs & Libraires de Paris, dans trois mois de la
date d'icelles, que l'impression de cet Ouvrage sera faite
dans notre Royaume & non ailleurs, & que l'Impetrant se
conformera en tout aux Reglemens de la Librairie, &
notamment à celui du dix Avril 1725. & qu'avant de l'ex-
poser en vente, le Manuscrit ou Imprimé qui aura servi de
copie à l'impression dudit Ouvrage, sera remis dans le
même état où l'aprobation y aura eté donnée, ès mains
de notre très cher & féal Chevalier le Sieur Daguesseau,
Chancelier de France, Commandeur de nos Ordres, &
qu'il en sera ensuite remis deux exemplaires dans notre Bi-
bliotheque publique, un dans celle de notre Château du
Louvre, & un dans celle de notredit très cher & féal Chevalier le Sieur Daguesseau Chancelier de France, Commandeur de nos Ordres ; le tout à peine de nullité des
presentes. Du contenu desquelles vous mandons & enjoi-
gnons de faire jouir ledit sieur Exposant ou ses ayans causes pleinement & paisiblement, sans souffrir qu'il leur soit
fait aucun trouble ou empêchement. Voulons que la copie
desdites Presentes qui sera imprimée tout au long au commencement ou à la fin dudit Ouvrage, soit tenue pour
duement signifiée, & qu'aux copies collationnées par l'un
de nos amés & féaux Conseillers & Secretaires, foi soit
ajoutée comme à l'original. Commandons au premier notre Huissier ou Sergent sur ce requis, de faire pour l'exé-
cution d'icelles tous actes requis & necessaires, sans de-
mander autre permission, & nonobstant clameur de Haro,
Charte Normande & Lettres à ce contraires : CAR tel
est notre plaisir. DONNE' à Versailles le treizieme jour de
Janvier, l'an de grace mil sept cent quarante : Et de
notre regne le vingt-sixiéme. Par le Roi en son Conseil.
Signé SAINSON.

*Registré sur le Registre X.e de la Chambre Royale & Syn-
dicale des Libraires & Imprimeurs de Paris, Numero 431.
fol. 427. conformément au reglement de 1723, qui fait défenses, art. IV. à toutes personnes de quelque qualité qu'elles
soient, autres que les Libraires & Imprimeurs, de vendre,
debiter & faire afficher aucuns Livres, pour les vendre
en leurs noms, soit qu'ils s'en disent les Auteurs ou autrement ;
& à la charge de fournir à ladite Chambre Royale & Syn-
dicale des Libraires & Imprimeurs de Paris, huit Exemplaires prescrits par l'Art. 108. du meme Reglement. A Paris le
17 Janvier 1740. Signé, SAUGRAIN, Syndic.*